Ullstein Großdruck

D1617663

Gerhart Hauptmann

Der Schuß im Park

Drei Erzählungen

Ullstein Großdruck

Ullstein Großdruck
ein Ullstein Buch
Nr. 40116
im Verlag Ullstein GmbH,
Frankfurt/M – Berlin

Umschlagentwurf:
Theodor Bayer-Eynck
unter Verwendung eines
Gemäldes von John Singer Sargent
›Lord Ribbersdale‹
London, Tate Gallery
Archiv für Kunst und Geschichte, Berlin
Alle Rechte vorbehalten
© 1963 Verlag Ullstein GmbH,
Frankfurt/M – Berlin – Wien,
Propyläen Verlag
Printed in Germany 1991
Gesamtherstellung:
Ebner Ulm
ISBN 3 548 40116 3

Mai 1991

Vom selben Autor
in der Reihe
der Ullstein Werkausgaben:

Das erzählerische Werk,
Band 2-10
(UB 37132-37140)

CIP-Titelaufnahme
der Deutschen Bibliothek

Hauptmann, Gerhart:
Der Schuß im Park: 3 Erzählungen /
Gerhart Hauptmann. – Frankfurt/M;
Berlin: Ullstein, 1991
  (Ullstein-Buch; Nr. 40116:
  Ullstein-Großdruck)
  ISBN 3-548-40116-3
NE: GT

Inhalt

Bahnwärter Thiel

1

Allsonntäglich saß der Bahnwärter Thiel in der Kirche zu Neu-Zittau, ausgenommen die Tage, an denen er Dienst hatte oder krank war und zu Bette lag. Im Verlaufe von zehn Jahren war er zweimal krank gewesen; das eine Mal infolge eines vom Tender einer Maschine während des Vorbeifahrens herabgefallenen Stückes Kohle, welches ihn getroffen und mit zerschmettertem Bein in den Bahngraben geschleudert hatte; das andere Mal einer Weinflasche wegen, die aus dem vorüberrasenden Schnellzuge mitten auf seine Brust geflogen war. Außer diesen beiden Unglücksfällen hatte nichts vermocht, ihn, sobald er frei war, von der Kirche fernzuhalten.

Die ersten fünf Jahre hatte er den Weg von Schön-Schornstein, einer Kolonie an der Spree, herüber nach Neu-Zittau allein machen müssen. Eines schönen Tages war er dann in Begleitung eines schmächtigen und kränklich aussehenden Frauenzimmers erschienen, die, wie die Leute meinten, zu seiner herkulischen Gestalt wenig gepaßt hatte. Und wiederum eines schönen Sonntagnachmittags reichte er dieser selben Person am Altare der Kirche feierlich die Hand zum Bunde fürs Leben. Zwei Jahre nun saß das junge, zarte Weib ihm zur Seite in der Kirchenbank; zwei Jahre blickte ihr hohlwangiges, feines Gesicht neben seinem vom Wetter gebräunten in das uralte Gesangbuch –; und plötzlich saß der Bahnwärter wieder allein wie zuvor.

An einem der vorangegangenen Wochentage hatte die Sterbeglocke geläutet; das war das Ganze.

An dem Wärter hatte man, wie die Leute versicherten, kaum eine Veränderung wahrgenommen. Die Knöpfe seiner sauberen Sonntagsuniform waren so blank geputzt als je zuvor, seine roten Haare so wohl geölt und militärisch gescheitelt wie immer, nur daß er den breiten, behaarten Nacken ein wenig gesenkt trug und noch eifriger der Predigt lauschte oder sang, als er es früher getan hatte. Es war die allgemeine Ansicht, daß ihm der Tod seiner Frau nicht sehr nahegegangen sei, und diese Ansicht erhielt eine Bekräftigung, als sich Thiel nach Verlauf eines Jahres zum zweiten Male, und zwar mit einem dicken und starken Frauenzimmer, einer Kuhmagd aus Alte-Grund, verheiratete.

Auch der Pastor gestattete sich, als Thiel die Trauung anmelden kam, einige Bedenken zu äußern:

»Ihr wollt also schon wieder heiraten?«

»Mit der Toten kann ich nicht wirtschaften, Herr Prediger!«

8

»Nun ja wohl. Aber ich meine – Ihr eilt ein wenig.«

»Der Junge geht mir drauf, Herr Prediger.«

Thiels Frau war im Wochenbett gestorben, und der Junge, welchen sie zur Welt gebracht, lebte und hatte den Namen Tobias erhalten.

»Ach so, der Junge«, sagte der Geistliche und machte eine Bewegung, die deutlich zeigte, daß er sich des Kleinen erst jetzt erinnere. »Das ist etwas andres – wo habt Ihr ihn denn untergebracht, während Ihr im Dienst seid?«

Thiel erzählte nun, wie er Tobias einer alten Frau übergeben, die ihn einmal beinahe habe verbrennen lassen, während er ein anderes Mal von ihrem Schoß auf die Erde gekugelt sei, ohne glücklicherweise mehr als eine große Beule davonzutragen. Das könne nicht so weitergehen, meinte er, zudem da der Junge, schwächlich wie er sei, eine ganz besondre Pflege benötige. Deswegen und ferner, weil er der Verstorbenen in die Hand gelobt, für die Wohlfahrt des Jungen zu jeder Zeit ausgiebig Sorge zu tragen, habe er sich zu dem Schritte entschlossen. –

Gegen das neue Paar, welches nun allsonntäglich zur Kirche kam, hatten die Leute äußerlich durchaus nichts einzuwenden. Die frühere Kuhmagd schien für den Wärter wie geschaffen. Sie war kaum einen halben Kopf kleiner als er und übertraf ihn an Gliederfülle. Auch war ihr Gesicht ganz so grob geschnitten wie das seine, nur daß ihm im Gegensatz zu dem des Wärters die Seele abging.

Wenn Thiel den Wunsch gehegt hatte, in seiner zweiten Frau eine unverwüstliche Arbeiterin, eine musterhafte Wirtschafterin zu haben, so war dieser Wunsch in überraschender Weise in Erfüllung gegangen. Drei Dinge jedoch hatte er, ohne es zu wissen, mit seiner Frau in Kauf genommen: eine harte, herrschsüchtige Gemütsart, Zanksucht und brutale Leidenschaftlichkeit. Nach Verlauf eines halben Jahres war es ortsbekannt, wer in dem Häuschen des Wärters das Regiment führte. Man bedauerte den Wärter.

Es sei ein Glück für »das Mensch«, daß sie so ein gutes Schaf wie den Thiel zum Manne bekommen habe, äußerten die aufgebrachten Ehemänner; es gäbe welche, bei denen sie greulich anlaufen würde. So ein »Tier« müsse doch kirre zu machen sein, meinten sie, und wenn es nicht anders ginge denn mit Schlägen. Durchgewalkt müsse sie werden, aber dann gleich so, daß es zöge.

Sie durchzuwalken aber war Thiel trotz seiner sehnigen Arme nicht der Mann. Das, worüber sich die Leute ereiferten, schien ihm wenig Kopfzerbrechen zu machen. Die endlosen Predigten seiner Frau ließ er gewöhnlich wortlos über sich ergehen, und wenn er einmal antwortete, so stand das schleppende Zeitmaß sowie der leise, kühle Ton seiner Rede in seltsamstem Gegensatz zu dem kreischenden Gekeif seiner Frau. Die Außenwelt schien ihm wenig anhaben zu können: es war, als trüge er etwas in sich, wodurch er alles Böse, was sie ihm antat, reichlich mit Gutem aufgewogen erhielt.

Trotz seines unverwüstlichen Phlegmas hatte er doch Augenblicke, in denen er nicht mit sich spaßen ließ. Es war dies immer anläßlich solcher Dinge, die Tobiaschen betrafen. Sein kindgutes, nachgiebiges Wesen gewann dann einen Anstrich von Festigkeit, dem selbst ein so unzähmbares Gemüt wie das Lenens nicht entgegenzutreten wagte.

Die Augenblicke indes, darin er diese Seite seines Wesens herauskehrte, wurden mit der Zeit immer seltener und verloren sich zuletzt ganz. Ein gewisser leidender Widerstand, den er der Herrschsucht Lenens während des ersten Jahres entgegengesetzt, verlor sich ebenfalls im zweiten. Er ging nicht mehr mit der früheren Gleichgültigkeit zum Dienst, nachdem er einen Auftritt mit ihr gehabt, wenn er sie nicht vorher besänftigt hatte. Er ließ sich am Ende nicht selten herab, sie zu bitten, doch wieder gut zu sein. – Nicht wie sonst mehr war ihm sein einsamer Posten inmitten des märkischen Kiefernforstes sein liebster Aufenthalt. Die stillen, hingebenden Gedanken an sein verstorbenes Weib wurden von denen an die Lebende durchkreuzt. Nicht widerwillig, wie die erste Zeit, trat er den Heimweg an, sondern mit leidenschaftlicher Hast, nachdem er vorher oft Stunden und Minuten bis zur Zeit der Ablösung gezählt hatte.

Er, der mit seinem ersten Weibe durch eine mehr vergeistigte Liebe verbunden gewesen war, geriet durch die Macht roher Triebe in die Gewalt seiner zweiten Frau und wurde zuletzt in allem fast unbedingt von ihr abhängig. – Zuzeiten empfand er Gewissensbisse über diesen Umschwung der Dinge, und er bedurfte einer Anzahl außergewöhnlicher Hilfsmittel, um sich darüber hinwegzuhelfen. So erklärte er sein Wärterhäuschen und die Bahnstrecke, die er zu besorgen hatte, insgeheim gleichsam für geheiligtes Land, welches ausschließlich den Manen der Toten gewidmet sein sollte. Mit Hilfe von allerhand Vorwänden war es ihm in der Tat bisher gelungen, seine Frau davon abzuhalten, ihn dahin zu begleiten.

Er hoffte es auch fernerhin tun zu können. Sie hätte nicht gewußt, welche Richtung sie einschlagen sollte, um seine »Bude«, deren Nummer sie nicht einmal kannte, aufzufinden.

Dadurch, daß er die ihm zu Gebote stehende Zeit somit gewissenhaft zwischen die Lebende und die Tote zu teilen vermochte, beruhigte Thiel sein Gewissen in der Tat.

Oft freilich und besonders in Augenblicken einsamer Andacht, wenn er recht innig mit der Verstorbenen verbunden gewesen war, sah er seinen jetzigen Zustand im Lichte der Wahrheit und empfand davor Ekel.

Hatte er Tagdienst, so beschränkte sich sein geistiger Verkehr mit der Verstorbenen auf eine Menge lieber Erinnerungen aus der Zeit seines Zusammenlebens mit ihr. Im Dunkel jedoch, wenn der Schneesturm durch die Kiefern und über die Strecke raste, in tiefer Mitternacht beim Scheine seiner Laterne, da wurde das Wärterhäuschen zur Kapelle.

Eine verblichene Photographie der Verstorbenen vor sich auf dem Tisch, Gesangbuch und Bibel aufgeschlagen, las und sang er abwechselnd die lange Nacht hindurch, nur von den in Zwischenräumen vorbeitobenden Bahnzügen unterbrochen, und geriet hierbei in eine Ekstase, die sich zu Gesichten steigerte, in denen er die Tote leibhaftig vor sich sah.

Der Posten, den der Wärter nun schon zehn volle Jahre ununterbrochen innehatte, war aber in seiner Abgelegenheit dazu angetan, seine mystischen Neigungen zu fördern.

Nach allen vier Windrichtungen mindestens durch einen dreiviertelstündigen Weg von jeder menschlichen Wohnung entfernt, lag die Bude inmitten des Forstes dicht neben einem Bahnübergang, dessen Barrieren der Wärter zu bedienen hatte.

Im Sommer vergingen Tage, im Winter Wochen, ohne daß ein menschlicher Fuß, außer denen des Wärters und seines Kollegen, die Strecke passierte. Das Wetter und der Wechsel der Jahreszeiten brachten in ihrer periodischen Wiederkehr fast die einzige Abwechslung in diese Einöde. Die Ereignisse, welche im übrigen den regelmäßigen Ablauf der Dienstzeit Thiels außer den beiden Unglücksfällen unterbrochen hatten, waren unschwer zu überblicken. Vor vier Jahren war der kaiserliche Extrazug, der den Kaiser nach Breslau gebracht hatte, vorübergejagt. In einer Winternacht hatte der Schnellzug einen Rehbock überfahren. An einem heißen Sommertage hatte Thiel bei seiner Streckenrevision eine verkorkte Weinflasche gefunden, die sich glühend heiß anfaßte und deren Inhalt deshalb von ihm für sehr gut gehalten wurde, weil er nach Entfernung des Korkes einer Fontäne gleich herausquoll, also augenscheinlich gegoren war. Diese Flasche, von Thiel in den seichten Rand eines Waldsees gelegt, um abzukühlen, war von dort auf irgendwelche Weise abhanden gekommen, so daß er noch nach Jahren ihren Verlust bedauern mußte.

Einige Zerstreuung vermittelte dem Wärter ein Brunnen dicht hinter seinem Häuschen. Von Zeit zu Zeit nahmen in der Nähe beschäftigte Bahn- oder Telegraphenarbeiter einen Trunk daraus, wobei natürlich ein kurzes Gespräch mit unterlief. Auch der Förster kam zuweilen, um seinen Durst zu löschen.

Tobias entwickelte sich nur langsam; erst gegen Ablauf seines zweiten Lebensjahres lernte er notdürftig sprechen und gehen. Dem Vater bewies er eine ganz besondere Zuneigung. Wie er verständiger wurde, erwachte auch die alte Liebe des Vaters wieder. In dem Maße, wie diese zunahm, verringerte sich die Liebe der Stiefmutter zu Tobias und schlug sogar in unverkennbare Abneigung um, als Lene nach Verlauf eines neuen Jahres ebenfalls einen Jungen gebar.

Von da ab begann für Tobias eine schlimme Zeit. Er wurde besonders in Abwesenheit des Vaters unaufhörlich geplagt und mußte ohne die geringste Belohnung dafür seine schwachen Kräfte im Dienste des kleinen Schreihalses einsetzen, wobei er sich mehr und mehr aufrieb. Sein Kopf bekam einen ungewöhnlichen Umfang; die brandroten Haare und das kreidige Gesicht darunter machten einen unschönen und im Verein mit der übrigen kläglichen Gestalt erbarmungswürdigen Eindruck. Wenn sich der zurückgebliebene Tobias solchergestalt, das kleine, von Gesundheit strotzende Brüderchen auf dem Arme, hinunter zur Spree schleppte, so wurden hinter den Fenstern der Hütten Verwünschungen laut, die sich jedoch niemals hervorwagten. Thiel aber, welchen die Sache doch vor allem anging, schien keine Augen für sie zu haben und wollte auch die Winke nicht verstehen, welche ihm von wohlmeinenden Nachbarsleuten gegeben wurden.

2

An einem Junimorgen gegen sieben Uhr kam Thiel aus dem Dienst. Seine Frau hatte nicht so bald ihre Begrüßung beendet, als sie schon in gewohnter Weise zu lamentieren begann. Der Pachtacker, welcher bisher den Kartoffelbedarf der Familie gedeckt hatte, war vor Wochen gekündigt worden, ohne daß es Lenen bisher gelungen war, einen Ersatz dafür ausfindig zu machen. Wenngleich nun die Sorge um den Acker zu ihren Obliegenheiten gehörte, so mußte doch Thiel ein Mal übers andere hören, daß niemand als er daran schuld sei, wenn man in diesem Jahre zehn Sack Kartoffeln für schweres Geld kaufen müsse. Thiel brummte nur und begab sich, Lenens Reden wenig Beachtung schenkend, sogleich an das Bett seines Ältesten, welches er in den Nächten, wo er nicht im Dienst war, mit ihm teilte. Hier ließ er sich nieder und beobachtete mit einem sorglichen Ausdruck seines guten Gesichts das schlafende Kind, welches er, nachdem er die zudringlichen Fliegen eine Weile von ihm abgehalten, schließlich weckte. In den blauen, tiefliegenden Augen des Erwachenden malte sich eine rührende Freude. Er griff hastig nach der Hand des Vaters, indes sich seine Mundwinkel zu einem kläglichen Lächeln verzogen. Der Wärter half ihm sogleich beim Anziehen der wenigen Kleidungsstücke, wobei plötzlich etwas wie ein Schatten durch seine Mienen lief, als er bemerkte, daß sich auf der rechten, ein wenig angeschwollenen Backe einige Fingerspuren weiß in rot abzeichneten.

Als Lene beim Frühstück mit vergrößertem Eifer auf vorberegte Wirtschaftsangelegenheit zurückkam, schnitt er ihr das Wort ab mit der Nachricht, daß ihm der Bahnmeister ein Stück Land längs des Bahndammes in unmittelbarer Nähe des Wärterhauses umsonst überlassen habe, angeblich weil es ihm, dem Bahnmeister, zu abgelegen sei.

Lene wollte das anfänglich nicht glauben. Nach und nach wichen jedoch ihre Zweifel, und nun geriet sie in merklich gute Laune. Ihre Fragen nach Größe und Güte des Ackers sowie andre mehr verschlangen sich förmlich, und als sie erfuhr, daß bei alledem noch zwei Zwergobstbäume darauf stünden, wurde sie rein närrisch. Als nichts mehr zu erfragen übrigblieb, zudem die Türglocke des Krämers, die man, beiläufig gesagt, in jedem einzelnen Hause des Ortes vernehmen konnte, unaufhörlich anschlug, schoß sie davon, um die Neuigkeit im Örtchen auszusprengen.

Während Lene in die dunkle, mit Waren überfüllte Kammer des Krämers kam, beschäftigte sich der Wärter daheim ausschließlich mit Tobias. Der Junge saß auf seinen Knien und spielte mit einigen Kiefernzapfen, die Thiel mit aus dem Walde gebracht hatte.

»Was willst du werden?« fragte ihn der Vater, und diese Frage war stereotyp wie die Antwort des Jungen: »Ein Bahnmeister.« Es war keine Scherzfrage, denn die Träume des Wärters verstiegen sich in der Tat in solche Höhen, und er hegte allen Ernstes den Wunsch und die Hoffnung, daß aus Tobias mit Gottes Hilfe etwas Außergewöhnliches werden sollte. Sobald die Antwort »Ein Bahnmeister« von den blutlosen Lippen des Kleinen kam, der natürlich nicht wußte, was sie bedeuten sollte, begann Thiels Gesicht sich aufzuhellen, bis es förmlich strahlte von innerer Glückseligkeit.

»Geh, Tobias, geh spielen!« sagte er kurz darauf, indem er eine Pfeife Tabak mit einem im Herdfeuer entzündeten Span in Brand steckte, und der Kleine drückte sich alsbald in scheuer Freude zur Türe hinaus. Thiel entkleidete sich, ging zu Bett und entschlief, nachdem er geraume Zeit gedankenvoll die niedrige und rissige Stubendecke angestarrt hatte. Gegen zwölf Uhr mittags erwachte er, kleidete sich an und ging, während seine Frau in ihrer lärmenden Weise das Mittagbrot bereitete, hinaus auf die Straße, wo er Tobiaschen sogleich aufgriff, der mit den Fingern Kalk aus einem Loche in der Wand kratzte und in den Mund steckte. Der Wärter nahm ihn bei der Hand und ging mit ihm an den etwa acht Häuschen des Ortes vorüber bis hinunter zur Spree, die schwarz und glasig zwischen schwach belaubten Pappeln lag. Dicht am Rande des Wassers befand sich ein Granitblock, auf welchen Thiel sich niederließ.

Der ganze Ort hatte sich gewöhnt, ihn bei nur irgend erträglichem Wetter an dieser Stelle zu erblikken. Die Kinder besonders hingen an ihm, nannten ihn »Vater Thiel« und wurden von ihm in mancherlei Spielen unterrichtet, deren er sich aus seiner Jugendzeit erinnerte. Das Beste jedoch von dem Inhalt seiner Erinnerungen war für Tobias. Er schnitzelte ihm Fitschepfeile, die höher flogen als die aller anderen Jungen. Er schnitt ihm Weidenpfeifchen und ließ sich sogar herbei, mit seinem verrosteten Baß das Beschwörungslied zu singen, während er mit dem Horngriff seines Taschenmessers die Rinde leise klopfte.

Die Leute verübelten ihm seine Läppschereien; es war ihnen unerfindlich, wie er sich mit den Rotznasen so viel abgeben konnte. Im Grunde durften sie jedoch damit zufrieden sein, denn die Kinder waren unter seiner Obhut gut aufgehoben. Überdies nahm Thiel auch ernste Dinge mit ihnen vor, hörte den Großen ihre Schulaufgaben ab, half ihnen beim Lernen der Bibel- und Gesangbuchverse und buchstabierte mit den Kleinen a-b-ab, d-u-du, und so fort.

Nach dem Mittagessen legte sich der Wärter abermals zu kurzer Ruhe nieder. Nachdem sie beendigt, trank er den Nachmittagskaffee und begann gleich darauf sich für den Gang in den Dienst vorzubereiten. Er brauchte dazu, wie zu allen seinen Verrichtungen, viel Zeit; jeder Handgriff war seit Jahren geregelt; in stets gleicher Reihenfolge wanderten die sorgsam auf der kleinen Nußbaumkommode ausgebreiteten Gegenstände: Messer, Notizbuch, Kamm, ein Pferdezahn, die alte, eingekapselte Uhr, in die Taschen seiner Kleider. Ein kleines, in rotes Papier eingeschlagenes Büchelchen wurde mit besonderer Sorgfalt behandelt. Es lag während der Nacht unter dem Kopfkissen des Wärters und wurde am Tage von ihm stets in der Brusttasche des Dienstrockes herumgetragen. Auf der Etikette unter dem Umschlag stand in unbeholfenen, aber verschnörkelten Schriftzügen, von Thiels Hand geschrieben: »Sparkassenbuch des Tobias Thiel«.

Die Wanduhr mit dem langen Pendel und dem gelbsüchtigen Zifferblatt zeigte dreiviertel fünf, als Thiel fortging. Ein kleiner Kahn, sein Eigentum, brachte ihn über den Fluß. Am jenseitigen Spreeufer blieb er einige Male stehen und lauschte nach dem Ort zurück. Endlich bog er in einen breiten Waldweg und befand sich nach wenigen Minuten inmitten des tiefaufrauschenden Kiefernforstes, dessen Nadelmassen einem schwarzgrünen, wellenwerfenden Meere glichen. Unhörbar wie auf Filz schritt er über die feuchte Moos- und Nadelschicht des Waldbodens. Er fand seinen Weg, ohne aufzublicken, hier durch die rostbraunen Säulen des Hochwaldes, dort weiterhin durch dichtverschlungenes Jungholz, noch weiter über ausgedehnte Schonungen, die von einzelnen hohen und schlanken Kiefern überschattet wurden, welche man zum Schutze für den Nachwuchs aufbehalten hatte. Ein bläulicher, durchsichtiger, mit allerhand Düften geschwängerter Dunst stieg aus der Erde auf und ließ die Formen der Bäume verwaschen erscheinen. Ein schwerer, milchiger Himmel hing tief herab über die Baumwipfel. Krähenschwärme badeten gleichsam im Grau der Luft, unaufhörlich ihre knarrenden Rufe ausstoßend.

Schwarze Wasserlachen füllten die Vertiefungen des Weges und spiegelten die trübe Natur noch trüber wider.

Ein furchtbares Wetter, dachte Thiel, als er aus tiefem Nachdenken erwachte und aufschaute.

Plötzlich jedoch bekamen seine Gedanken eine andere Richtung. Er fühlte dunkel, daß er etwas daheim vergessen haben müsse, und wirklich vermißte er beim Durchsuchen seiner Taschen das Butterbrot, welches er der langen Dienstzeit halber stets mitzunehmen genötigt war. Unschlüssig blieb er eine Weile stehen, wandte sich dann aber plötzlich und eilte in der Richtung des Dorfes zurück.

In kurzer Zeit hatte er die Spree erreicht, setzte mit wenigen kräftigen Ruderschlägen über und stieg gleich darauf, am ganzen Körper schwitzend, die sanft ansteigende Dorfstraße hinauf. Der alte, schäbige Pudel des Krämers lag mitten auf der Straße. Auf dem geteerten Plankenzaune eines Kossätenhofes saß eine Nebelkrähe. Sie spreizte die Federn, schüttelte sich, nickte, stieß ein ohrenzerreißendes Krä-krä aus und erhob sich mit pfeifendem Flügelschlag, um sich vom Winde in der Richtung des Forstes davontreiben zu lassen.

Von den Bewohnern der kleinen Kolonie, etwa zwanzig Fischern und Waldarbeitern mit ihren Familien, war nichts zu sehen.

Der Ton einer kreischenden Stimme unterbrach die Stille so laut und schrill, daß der Wärter unwill-

kürlich mit Laufen innehielt. Ein Schwall heftig her-
ausgestoßener, mißtönender Laute schlug an sein
Ohr, die aus dem offnen Giebelfenster eines niedrigen Häuschens zu kommen schienen, welches er nur
zu wohl kannte.

Das Geräusch seiner Schritte nach Möglichkeit
dämpfend, schlich er sich näher und unterschied nun
ganz deutlich die Stimme seiner Frau. Nur noch wenige Bewegungen, und die meisten ihrer Worte wurden ihm verständlich.

»Was, du unbarmherziger, herzloser Schuft! soll
sich das elende Wurm die Plautze ausschreien vor
Hunger? – wie? – na, wart nur, wart, ich will dich
lehren aufpassen! – du sollst dran denken.« Einige
Augenblicke blieb es still; dann hörte man ein Geräusch, wie wenn Kleidungsstücke ausgeklopft würden; unmittelbar darauf entlud sich ein neues Hagel-
wetter von Schimpfworten.

»Du erbärmlicher Grünschnabel«, scholl es im
schnellsten Tempo herunter, »meinst du, ich sollte
mein leibliches Kind wegen solch einem Jammerlap-
pen, wie du bist, verhungern lassen?« – »Halts
Maul!« schrie es, als ein leises Wimmern hörbar
wurde, »oder du sollst eine Portion kriegen, an der
du acht Tage zu fressen hast.«

Das Wimmern verstummte nicht.

Der Wärter fühlte, wie sein Herz in schweren, un-
regelmäßigen Schlägen ging. Er begann leise zu zittern. Seine Blicke hingen wie abwesend am Boden

fest, und die plumpe und harte Hand strich mehrmals ein Büschel nasser Haare zur Seite, das immer von neuem in die sommersprossige Stirn hineinfiel.

Einen Augenblick drohte es ihn zu überwältigen. Es war ein Krampf, der die Muskeln schwellen machte und die Finger der Hand zur Faust zusammenzog. Es ließ nach, und dumpfe Mattigkeit blieb zurück.

Unsicheren Schrittes trat der Wärter in den engen, ziegelgepflasterten Hausflur. Müde und langsam erklomm er die knarrende Holzstiege.

»Pfui, pfui, pfui!« hob es wieder an; dabei hörte man, wie jemand dreimal hintereinander mit allen Zeichen der Wut und Verachtung ausspie. »Du erbärmlicher, niederträchtiger, hinterlistiger, hämischer, feiger, gemeiner Lümmel!« Die Worte folgten einander in steigender Betonung, und die Stimme, welche sie herausstieß, schnappte zuweilen über vor Anstrengung. »Meinen Buben willst du schlagen, was? Du elende Göre unterstehst dich, das arme, hilflose Kind aufs Maul zu schlagen? – wie? – he, wie? – Ich will mich nur nicht dreckig machen an dir, sonst – . . .«

In diesem Augenblick öffnete Thiel die Tür des Wohnzimmers, weshalb der erschrockenen Frau das Ende des begonnenen Satzes in der Kehle steckenblieb. Sie war kreidebleich vor Zorn; ihre Lippen zuckten bösartig; sie hatte die Rechte erhoben, senkte sie und griff nach dem Milchtopf, aus dem sie ein Kinderfläschchen vollzufüllen versuchte. Sie ließ jedoch diese Arbeit, da der größte Teil der Milch über den Flaschenhals auf den Tisch rann, halb verrichtet, griff vollkommen fassungslos vor Erregung bald nach diesem, bald nach jenem Gegenstand, ohne ihn länger als einige Augenblicke festhalten zu können, und ermannte sich endlich so weit, ihren Mann heftig anzulassen: was es denn heißen solle, daß er um diese ungewöhnliche Zeit nach Hause käme, er würde sie doch nicht etwa gar belauschen wollen. »Das wäre noch das Letzte«, meinte sie, und gleich darauf: sie habe ein reines Gewissen und brauche vor niemand die Augen niederzuschlagen.

Thiel hörte kaum, was sie sagte. Seine Blicke streiften flüchtig das heulende Tobiaschen. Einen Augenblick schien es, als müsse er gewaltsam etwas Furchtbares zurückhalten, was in ihm aufstieg; dann legte sich über die gespannten Mienen plötzlich das alte Phlegma, von einem verstohlnen begehrlichen Aufblitzen der Augen seltsam belebt. Sekundenlang spielte sein Blick über den starken Gliedmaßen seines Weibes, das, mit abgewandtem Gesicht herumhantierend, noch immer nach Fassung suchte. Ihre vollen, halbnackten Brüste blähten sich vor Erregung und drohten das Mieder zu sprengen, und ihre aufgerafften Röcke ließen die breiten Hüften noch breiter erscheinen. Eine Kraft schien von dem Weibe auszugehen, unbezwingbar, unentrinnbar, der Thiel sich nicht gewachsen fühlte.

Leicht gleich einem feinen Spinngewebe und doch fest wie ein Netz von Eisen legte es sich um ihn, fesselnd, überwindend, erschlaffend. Er hätte in diesem Zustand überhaupt kein Wort an sie zu richten vermocht, am allerwenigsten ein hartes, und so mußte Tobias, der in Tränen gebadet und verängstet in einer Ecke hockte, sehen, wie der Vater, ohne auch nur weiter nach ihm umzuschauen, das vergeßne Brot von der Ofenbank nahm, es der Mutter als einzige Erklärung hinhielt und mit einem kurzen, zerstreuten Kopfnicken sogleich wieder verschwand.

3

Oblgeich Thiel den Weg in seine Waldeinsamkeit mit möglichster Eile zurücklegte, kam er doch erst fünfzehn Minuten nach der ordnungsmäßigen Zeit an den Ort seiner Bestimmung.

Der Hilfswärter, ein infolge des bei seinem Dienst unumgänglichen schnellen Temperaturwechsels schwindsüchtig gewordener Mensch, der mit ihm im Dienste abwechselte, stand schon fertig zum Aufbruch auf der kleinen, sandigen Plattform des Häuschens, dessen große Nummer schwarz auf weiß weithin durch die Stämme leuchtete.

Die beiden Männer reichten sich die Hände, machten sich einige kurze Mitteilungen und trennten sich. Der eine verschwand im Innern der Bude, der andre ging quer über die Strecke, die Fortsetzung jener Straße benutzend, welche Thiel gekommen war. Man hörte sein krampfhaftes Husten erst näher, dann ferner durch die Stämme, und mit ihm verstummte der einzige menschliche Laut in dieser Einöde. Thiel begann wie immer so auch heute damit, das enge, viereckige Steingebauer der Wärterbude auf seine Art für die Nacht herzurichten. Er tat es mechanisch, während sein Geist mit dem Eindruck der letzten Stunden beschäftigt war. Er legte sein Abendbrot auf den schmalen, braungestrichnen Tisch an einem der beiden schlitzartigen Seitenfenster, von denen aus man die Strecke bequem übersehen konnte. Hierauf entzündete er in dem kleinen, rostigen Öfchen ein Feuer und stellte einen Topf kalten Wassers darauf. Nachdem er schließlich noch in die Gerätschaften, Schaufel, Spaten, Schraubstock und so weiter, einige Ordnung gebracht hatte, begab er sich ans Putzen seiner Laterne, die er zugleich mit frischem Petroleum versorgte.

Als dies geschehen war, meldete die Glocke mit drei schrillen Schlägen, die sich wiederholten, daß ein Zug in der Richtung von Breslau her aus der nächstliegenden Station abgelassen sei. Ohne die mindeste Hast zu zeigen, blieb Thiel noch eine gute Weile im Innern der Bude, trat endlich, Fahne und Patronentasche in der Hand, langsam ins Freie und bewegte sich trägen und schlürfenden Ganges über den schmalen Sandpfad, dem etwa zwanzig Schritt entfernten Bahnübergang zu. Seine Barrieren schloß und öffnete Thiel vor und nach jedem Zuge gewissenhaft, obgleich der Weg nur selten von jemand passiert wurde.

Er hatte seine Arbeit beendet und lehnte jetzt wartend an der schwarzweißen Sperrstange.

Die Strecke schnitt rechts und links gradlinig in den unabsehbaren grünen Forst hinein; zu ihren beiden Seiten stauten die Nadelmassen gleichsam zurück, zwischen sich eine Gasse frei lassend, die der rötlichbraune, kiesbestreute Bahndamm ausfüllte. Die schwarzen, parallellaufenden Geleise darauf glichen in ihrer Gesamtheit einer ungeheuren eisernen Netzmasche, deren schmale Strähne sich im äußersten Süden und Norden in einem Punkte des Horizontes zusammenzogen.

Der Wind hatte sich erhoben und trieb leise Wellen den Waldrand hinunter und in die Ferne hinein. Aus den Telegraphenstangen, die die Strecke begleiteten, tönten summende Akkorde. Auf den Drähten, die sich wie das Gewebe einer Riesenspinne von Stange zu Stange fortrankten, klebten in dichten Reihen Scharen zwitschernder Vögel. Ein Specht flog lachend über Thiels Kopf weg, ohne daß er eines Blickes gewürdigt wurde.

Die Sonne, welche soeben unter dem Rande mächtiger Wolken herabhing, um in das schwarzgrüne Wipfelmeer zu versinken, goß Ströme von Purpur über den Forst. Die Säulenarkaden der Kiefernstämme jenseits des Dammes entzündeten sich gleichsam von innen heraus und glühten wie Eisen.

Auch die Geleise begannen zu glühen, feurigen Schlangen gleich, aber sie erloschen zuerst; und nun stieg die Glut langsam vom Erdboden in die Höhe, erst die Schäfte der Kiefern, weiter den größten Teil ihrer Kronen in kaltem Verwesungslichte zurücklassend, zuletzt nur noch den äußersten Rand der Wipfel mit einem rötlichen Schimmer streifend. Lautlos und feierlich vollzog sich das erhabene Schauspiel. Der Wärter stand noch immer regungslos an der Barriere. Endlich trat er einen Schritt vor. Ein dunkler Punkt am Horizonte, da wo die Geleise sich trafen, vergrößerte sich. Von Sekunde zu Sekunde wachsend, schien er doch auf einer Stelle zu stehen. Plötzlich bekam er Bewegung und näherte sich. Durch die Geleise ging ein Vibrieren und Summen, ein rhythmisches Geklirr, ein dumpfes Getöse, das, lauter und lauter werdend, zuletzt den Hufschlägen eines heranbrausenden Reitergeschwaders nicht unähnlich war.

Ein Keuchen und Brausen schwoll stoßweise ferner durch die Luft. Dann plötzlich zerriß die Stille. Ein rasendes Tosen und Toben erfüllte den Raum, die Geleise bogen sich, die Erde zitterte – ein starker Luftdruck – eine Wolke von Staub, Dampf und Qualm, und das schwarze, schnaubende Ungetüm war vorüber. So wie sie anwuchsen, starben nach und nach die Geräusche. Der Dunst verzog sich. Zum Punkte eingeschrumpft, schwand der Zug in der

Ferne, und das alte heil'ge Schweigen schlug über dem Waldwinkel zusammen.

»Minna«, flüsterte der Wärter, wie aus einem Traum erwacht, und ging nach seiner Bude zurück. Nachdem er sich einen dünnen Kaffee aufgebrüht, ließ er sich nieder und starrte, von Zeit zu Zeit einen Schluck zu sich nehmend, auf ein schmutziges Stück Zeitungspapier, das er irgendwo an der Strecke aufgelesen.

Nach und nach überkam ihn eine seltsame Unruhe. Er schob es auf die Backofenglut, welche das Stübchen erfüllte, und riß Rock und Weste auf, um sich zu erleichtern. Wie das nichts half, erhob er sich, nahm einen Spaten aus der Ecke und begab sich auf das geschenkte Äckerchen.

Es war ein schmaler Streifen Sandes, von Unkraut dicht überwuchert. Wie schneeweißer Schaum lag die junge Blütenpracht auf den Zweigen der beiden Zwergobstbäumchen, welche darauf standen.

Thiel wurde ruhig, und ein stilles Wohlgefallen beschlich ihn.

Nun also an die Arbeit.

Der Spaten schnitt knirschend in das Erdreich; die nassen Schollen fielen dumpf zurück und bröckelten auseinander.

Eine Zeitlang grub er ohne Unterbrechung. Dann hielt er plötzlich inne und sagte laut und vernehmlich vor sich hin, indem er dazu bedenklich den Kopf hin und her wiegte: »Nein, nein, das geht ja nicht«, und wieder: »Nein, nein, das geht ja gar nicht.«

Es war ihm plötzlich eingefallen, daß ja nun Lene des öftern herauskommen würde, um den Acker zu bestellen, wodurch dann die hergebrachte Lebensweise in bedenkliche Schwankungen geraten mußte. Und jäh verwandelte sich seine Freude über den Besitz des Ackers in Widerwillen. Hastig, wie wenn er etwas Unrechtes zu tun im Begriff gestanden hätte, riß er den Spaten aus der Erde und trug ihn nach der Bude zurück. Hier versank er abermals in dumpfe Grübelei. Er wußte kaum, warum, aber die Aussicht, Lene ganze Tage lang bei sich im Dienst zu haben, wurde ihm, sosehr er auch versuchte, sich damit zu versöhnen, immer unerträglicher. Er kam ihm vor, als habe er etwas ihm Wertes zu verteidigen, als versuchte jemand, sein Heiligstes anzutasten, und unwillkürlich spannten sich seine Muskeln in gelindem Krampfe, während ein kurzes, herausforderndes Lachen seinen Lippen entfuhr. Vom Widerhall dieses Lachens erschreckt, blickte er auf und verlor dabei den Faden seiner Betrachtungen. Als er ihn wiedergefunden, wühlte er sich gleichsam in den alten Gegenstand.

Und plötzlich zerriß etwas wie ein dichter, schwarzer Vorhang in zwei Stücke, und seine umnebelten Augen gewannen einen klaren Ausblick. Es war ihm auf einmal zumute, als erwache er aus einem zweijährigen totenähnlichen Schlaf und betrachte nun mit ungläubigem Kopfschütteln all das Haarsträubende, welches er in diesem Zustand begangen haben sollte. Die Leidensgeschichte seines Ältesten, welche die Eindrücke der letzten Stunden nur noch hatten besiegeln können, trat deutlich vor seine Seele. Mitleid und Reue ergriff ihn sowie auch eine tiefe Scham darüber, daß er diese ganze Zeit in schmachvoller Duldung hingelebt hatte, ohne sich des lieben, hilflosen Geschöpfes anzunehmen, ja ohne auch nur die Kraft zu finden, sich einzugestehen, wie sehr dieses litt.

Über den selbstquälerischen Vorstellungen all seiner Unterlassungssünden überkam ihn eine schwere Müdigkeit, und so entschlief er mit gekrümmtem Rücken, die Stirn auf die Hand, diese auf den Tisch gelegt.

Eine Zeitlang hatte er so gelegen, als er mit erstickter Stimme mehrmals den Namen »Minna« rief.

Ein Brausen und Sausen füllte sein Ohr, wie von unermeßlichen Wassermassen; es wurde dunkel um ihn, er riß die Augen auf und erwachte. Seine Glieder flogen, der Angstschweiß drang ihm aus allen Poren, sein Puls ging unregelmäßig, sein Gesicht war naß von Tränen.

Es war stockdunkel. Er wollte einen Blick nach der Tür werfen, ohne zu wissen, wohin er sich wenden sollte. Taumelnd erhob er sich, noch immer währte seine Herzensangst. Der Wald draußen rauschte wie Meeresbrandung, der Wind warf Hagel und Regen gegen die Fenster des Häuschens. Thiel tastete ratlos mit den Händen umher. Einen Augenblick kam er sich vor wie ein Ertrinkender – da plötzlich flammte es bläulich blendend auf, wie wenn Tropfen überirdischen Lichtes in die dunkle Erdatmosphäre herabsänken, um sogleich von ihr erstickt zu werden.

Der Augenblick genügte, um den Wärter zu sich selbst zu bringen. Er griff nach seiner Laterne, die er auch glücklich zu fassen bekam, und in diesem Augenblick erwachte der Donner am fernsten Saume des märkischen Nachthimmels. Erst dumpf und verhalten grollend, wälzte er sich näher in kurzen, brandenden Erzwellen, bis er, zu Riesenstößen anwachsend, sich endlich, die ganze Atmosphäre überflutend, dröhnend, schütternd und brausend entlud.

Die Scheiben klirrten, die Erde erbebte.

Thiel hatte Licht gemacht. Sein erster Blick, nachdem er die Fassung wiedergewonnen, galt der Uhr. Es lagen kaum fünf Minuten zwischen jetzt und der Ankunft des Schnellzuges. Da er glaubte, das Signal überhört zu haben, begab er sich, so schnell als Sturm und Dunkelheit erlaubten, nach der Barriere. Als er noch damit beschäftigt war, diese zu schließen, erklang die Signalglocke. Der Wind zerriß ihre Töne und warf sie nach allen Richtungen auseinander. Die Kiefern bogen sich und rieben unheimlich knarrend und quietschend ihre Zweige aneinander. Einen Augenblick wurde der Mond sichtbar, wie er gleich einer blaßgoldnen Schale zwischen den Wolken lag.

In seinem Lichte sah man das Wühlen des Windes in den schwarzen Kronen der Kiefern. Die Blattgehänge der Birken am Bahndamm wehten und flatterten wie gespenstige Roßschweife. Darunter lagen die Linien der Geleise, welche, vor Nässe glänzend, das blasse Mondlicht in einzelnen Flecken aufsaugten.

Thiel riß die Mütze vom Kopfe. Der Regen tat ihm wohl und lief vermischt mit Tränen über sein Gesicht. Es gärte in seinem Hirn; unklare Erinnerungen an das, was er im Traum gesehen, verjagten einander. Es war ihm gewesen, als würde Tobias von jemand gemißhandelt, und zwar auf eine so entsetzliche Weise, daß ihm noch jetzt bei dem Gedanken daran das Herz stillestand. Einer anderen Erscheinung erinnerte er sich deutlicher. Er hatte seine verstorbene Frau gesehen. Sie war irgendwoher aus der Ferne gekommen, auf einem der Bahngeleise. Sie hatte recht kränklich ausgesehen, und statt der Kleider hatte sie Lumpen getragen. Sie war an Thiels Häuschen vorübergekommen, ohne sich darnach umzuschauen, und schließlich – hier wurde die Erinnerung undeutlich – war sie aus irgendwelchem Grunde nur mit großer Mühe vorwärts gekommen und sogar mehrmals zusammengebrochen.

Thiel dachte weiter nach, und nun wußte er, daß sie sich auf der Flucht befunden hatte. Es lag außer allem Zweifel, denn weshalb hätte sie sonst diese

Blicke voll Herzensangst nach rückwärts gesandt und sich weitergeschleppt, obgleich ihr die Füße den Dienst versagten. O diese entsetzlichen Blicke!

Aber es war etwas, das sie mit sich trug, in Tücher gewickelt, etwas Schlaffes, Blutiges, Bleiches, und die Art, mit der sie darauf niederblickte, erinnerte ihn an Szenen der Vergangenheit.

Er dachte an eine sterbende Frau, die ihr kaum geborenes Kind, das sie zurücklassen mußte, unverwandt anblickte, mit einem Ausdruck tiefsten Schmerzes, unfaßbarer Qual, jenem Ausdruck, den Thiel ebensowenig vergessen konnte, wie daß er einen Vater und eine Mutter habe.

Wo war sie hingekommen? Er wußte es nicht. Das aber trat ihm klar vor die Seele: sie hatte sich von ihm losgesagt, ihn nicht beachtet, sie hatte sich fortgeschleppt immer weiter und weiter durch die stürmische, dunkle Nacht. Er hatte sie gerufen: »Minna, Minna«, und davon war er erwacht.

Zwei rote, runde Lichter durchdrangen wie die Glotzaugen eines riesigen Ungetüms die Dunkelheit. Ein blutiger Schein ging vor ihnen her, der die Regentropfen in seinem Bereich in Blutstropfen verwandelte. Es war, als fiele ein Blutregen vom Himmel.

Thiel fühlte ein Grauen und, je näher der Zug kam, eine um so größere Angst; Traum und Wirklichkeit verschmolzen ihm in eins. Noch immer sah er das wandernde Weib auf den Schienen, und seine Hand irrte nach der Patronentasche, als habe er die Absicht, den rasenden Zug zum Stehen zu bringen. Zum Glück war es zu spät, denn schon flirrte es vor Thiels Augen von Lichtern, und der Zug raste vorüber.

Den übrigen Teil der Nacht fand Thiel wenig Ruhe mehr in seinem Dienst. Es drängte ihn, daheim zu sein. Er sehnte sich, Tobiaschen wiederzusehen. Es war ihm zumute, als sei er durch Jahre von ihm getrennt gewesen. Zuletzt war er in steigender Bekümmernis um das Befinden des Jungen mehrmals versucht, den Dienst zu verlassen.

Um die Zeit hinzubringen, beschloß Thiel, sobald es dämmerte, seine Strecke zu revidieren. In der Linken einen Stock, in der Rechten einen langen eisernen Schraubschlüssel, schritt er denn auch alsbald auf dem Rücken einer Bahnschiene in das schmutziggraue Zwielicht hinein.

Hin und wieder zog er mit dem Schraubschlüssel einen Bolzen fest oder schlug an eine der runden Eisenstangen, welche die Geleise untereinander verbanden.

Regen und Wind hatten nachgelassen, und zwischen zerschlissenen Wolkenschichten wurden hie und da Stücke eines blaßblauen Himmels sichtbar.

Das eintönige Klappen der Sohlen auf dem harten Metall, verbunden mit dem schläfrigen Geräusch der tropfenschüttelnden Bäume, beruhigte Thiel nach und nach.

Um sechs Uhr früh wurde er abgelöst und trat ohne Verzug den Heimweg an.

Es war ein herrlicher Sonntagmorgen.

Die Wolken hatten sich zerteilt und waren mittlerweile hinter den Umkreis des Horizontes hinabgesunken. Die Sonne goß, im Aufgehen gleich einem ungeheuren blutroten Edelstein funkelnd, wahre Lichtmassen über den Forst.

In scharfen Linien schossen die Strahlenbündel durch das Gewirr der Stämme, hier eine Insel zarter Farrenkräuter, deren Wedel feingeklöppelten Spitzen glichen, mit Glut behauchend, dort die silbergrauen Flechten des Waldgrundes zu roten Korallen umwandelnd.

Von Wipfeln, Stämmen und Gräsern floß der Feuertau. Eine Sintflut von Licht schien über die Erde ausgegossen. Es lag eine Frische in der Luft, die bis ins Herz drang, und auch hinter Thiels Stirn mußten die Bilder der Nacht allmählich verblassen.

Mit dem Augenblick jedoch, wo er in die Stube trat und Tobiaschen rotwangiger als je im sonnenbeschienenen Bette liegen sah, waren sie ganz verschwunden.

Wohl wahr! Im Verlauf des Tages glaubte Lene mehrmals etwas Befremdliches an ihm wahrzunehmen; so im Kirchstuhl, als er, statt ins Buch zu schauen, sie selbst von der Seite betrachtete, und dann auch um die Mittagszeit, als er, ohne ein Wort zu sagen, das Kleine, welches Tobias wie gewöhnlich auf die Straße tragen sollte, aus dessen Arm nahm und ihr auf den Schoß setzte. Sonst aber hatte er nicht das geringste Auffällige an sich.

Thiel, der den Tag über nicht dazu gekommen war, sich niederzulegen, kroch, da er die folgende Woche Tagdienst hatte, bereits gegen neun Uhr abends ins Bett. Gerade als er im Begriff war einzuschlafen, eröffnete ihm die Frau, daß sie am folgenden Morgen mit nach dem Walde gehen werde, um das Land umzugraben und Kartoffeln zu stecken.

Thiel zuckte zusammen; er war ganz wach geworden, hielt jedoch die Augen fest geschlossen.

Es sei die höchste Zeit, meinte Lene, wenn aus den Kartoffeln noch etwas werden sollte, und fügte bei, daß sie die Kinder werde mitnehmen müssen, da vermutlich der ganze Tag draufgehen würde. Der Wärter brummte einige unverständliche Worte, die Lene weiter nicht beachtete. Sie hatte ihm den Rücken gewandt und war beim Scheine eines Talglichtes damit beschäftigt, das Mieder aufzunesteln und die Röcke herabzulassen.

Plötzlich fuhr sie herum, ohne selbst zu wissen, aus welchem Grunde, und blickte in das von Leidenschaften verzerrte, erdfarbene Gesicht ihres Mannes, der sie, halbaufgerichtet, die Hände auf der Bettkante, mit brennenden Augen anstarrte.

»Thiel!« – schrie die Frau halb zornig, halb erschreckt, und wie ein Nachtwandler, den man bei Namen ruft, erwachte er aus seiner Betäubung, stotterte einige verwirrte Worte, warf sich in die Kissen zurück und zog das Deckbett über die Ohren.

Lene war die erste, welche sich am folgenden Morgen vom Bett erhob. Ohne dabei Lärm zu machen, bereitete sie alles Nötige für den Ausflug vor. Der Kleinste wurde in den Kinderwagen gelegt, darauf Tobias geweckt und angezogen. Als er erfuhr, wohin es gehen sollte, mußte er lächeln. Nachdem alles bereit war und auch der Kaffee fertig auf dem Tisch stand, erwachte Thiel. Mißbehagen war sein erstes Gefühl beim Anblick all der getroffenen Vorbereitungen. Er hätte wohl gern ein Wort dagegen gesagt, aber er wußte nicht, womit beginnen. Und welche für Lene stichhaltigen Gründe hätte er auch angeben sollen?

Allmählich begann dann das mehr und mehr strahlende Gesichtchen seinen Einfluß auf Thiel zu üben, so daß er schließlich schon um der Freude willen, welche dem Jungen der Ausflug bereitete, nicht daran denken konnte, Widerspruch zu erheben. Nichtsdestoweniger blieb Thiel während der Wanderung durch den Wald nicht frei von Unruhe. Er stieß das Kinderwägelchen mühsam durch den tiefen Sand und hatte allerhand Blumen darauf liegen, die Tobias gesammelt hatte.

Der Junge war ausnehmend lustig. Er hüpfte in seinem braunen Plüschmützchen zwischen den Farrenkräutern umher und suchte auf eine freilich etwas unbeholfene Art die glasflügligen Libellen zu fangen, die darüber hingaukelten. Sobald man angelangt war, nahm Lene den Acker in Augenschein. Sie warf das Säckchen mit Kartoffelstücken, welche sie zur Saat mitgebracht hatte, auf den Grasrand eines kleinen Birkengehölzes, kniete nieder und ließ den etwas dunkel gefärbten Sand durch ihre harten Finger laufen.

Thiel beobachtete sie gespannt: »Nun, wie ist er?«

»Reichlich so gut wie die Spree-Ecke!« Dem Wärter fiel eine Last von der Seele. Er hatte gefürchtet, sie würde unzufrieden sein, und kratzte beruhigt seine Bartstoppeln.

Nachdem die Frau hastig eine dicke Brotkante verzehrt hatte, warf sie Tuch und Jacke fort und begann zu graben, mit der Geschwindigkeit und Ausdauer einer Maschine.

In bestimmten Zwischenräumen richtete sie sich auf und holte in tiefen Zügen Luft, aber es war jeweilig nur ein Augenblick, wenn nicht etwa das Kleine gestillt werden mußte, was mit keuchender, schweißtropfender Brust hastig geschah.

»Ich muß die Strecke belaufen, ich werde Tobias mitnehmen«, rief der Wärter nach einer Weile von der Plattform vor der Bude aus zu ihr herüber.

»Ach was – Unsinn!« schrie sie zurück, »wer soll bei dem Kleinen bleiben? – Hierher kommst du!« setzte sie noch lauter hinzu, während der Wärter, als ob er sie nicht hören könne, mit Tobiaschen davonging.

Im ersten Augenblick erwog sie, ob sie nicht nach-
laufen solle, und nur der Zeitverlust bestimmte sie,
davon abzustehen. Thiel ging mit Tobias die Strecke
entlang. Der Kleine war nicht wenig erregt; alles war
ihm neu, fremd. Er begriff nicht, was die schmalen,
schwarzen, vom Sonnenlicht erwärmten Schienen zu
bedeuten hatten. Unaufhörlich tat er allerhand sonderbare Fragen. Vor allem verwunderlich war ihm
das Klingen der Telegraphenstangen. Thiel kannte
den Ton jeder einzelnen seines Reviers, so daß er mit
geschlossenen Augen stets gewußt haben würde, in
welchem Teil der Strecke er sich gerade befand.

Oft blieb er, Tobiaschen an der Hand, stehen, um
den wunderbaren Lauten zu lauschen, die aus dem
Holze wie sonore Choräle aus dem Innern einer Kirche hervorströmten. Die Stange am Südende des Reviers hatte einen besonders vollen und schönen Ak-
kord. Es war ein Gewühl von Tönen in ihrem Innern,
die ohne Unterbrechung gleichsam in einem Atem
fortklangen, und Tobias lief rings um das verwitterte
Holz, um, wie er glaubte, durch eine Öffnung die Ur-
heber des lieblichen Getöns zu entdecken. Der Wärter wurde weihevoll gestimmt, ähnlich wie in der Kirche. Zudem unterschied er mit der Zeit eine Stimme,
die ihn an seine verstorbene Frau erinnerte. Er stellte
sich vor, es sei ein Chor seliger Geister, in den sie ja
auch ihre Stimme mische, und diese Vorstellung er-
weckte in ihm eine Sehnsucht, eine Rührung bis zu
Tränen.

Tobias verlangte nach den Blumen, die seitab im Birkenwäldchen standen, und Thiel, wie immer, gab ihm nach.

Stücke blauen Himmels schienen auf den Boden des Haines herabgesunken, so wunderbar dicht standen kleine blaue Blüten darauf. Farbigen Wimpeln gleich flatterten und gaukelten die Schmetterlinge lautlos zwischen dem leuchtenden Weiß der Stämme, indes durch die zartgrünen Blätterwolken der Birkenkronen ein sanftes Rieseln ging.

Tobias rupfte Blumen, und der Vater schaute ihm sinnend zu. Zuweilen erhob sich auch der Blick des letzteren und suchte durch die Lücken der Blätter den Himmel, der wie eine riesige, makellos blaue Kristallschale das Goldlicht der Sonne auffing.

»Vater, ist das der liebe Gott?« fragte der Kleine plötzlich, auf ein braunes Eichhörnchen deutend, das unter kratzenden Geräuschen am Stamme einer alleinstehenden Kiefer hinanhuschte.

»Närrischer Kerl«, war alles, was Thiel erwidern konnte, während losgerissene Borkenstückchen den Stamm herunter vor seine Füße fielen.

Die Mutter grub noch immer, als Thiel und Tobias zurückkamen. Die Hälfte des Ackers war bereits umgeworfen.

Die Bahnzüge folgten einander in kurzen Zwischenräumen, und Tobias sah sie jedesmal mit offenem Munde vorübertoben.

Die Mutter selbst hatte ihren Spaß an seinen drolligen Grimassen.

Das Mittagessen, bestehend aus Kartoffeln und einem Restchen kalten Schweinebraten, verzehrte man in der Bude. Lene war aufgeräumt, und auch Thiel schien sich in das Unvermeidliche mit gutem Anstand fügen zu wollen. Er unterhielt seine Frau während des Essens mit allerlei Dingen, die in seinen Beruf schlugen. So fragte er sie, ob sie sich denken könne, daß in einer einzigen Bahnschiene sechsundvierzig Schrauben säßen, und anderes mehr.

Am Vormittage war Lene mit Umgraben fertig geworden; am Nachmittage sollten die Kartoffeln gesteckt werden. Sie bestand darauf, daß Tobias jetzt das Kleine warte, und nahm ihn mit sich.

»Paß auf . . .«, rief Thiel ihr nach, von plötzlicher Besorgnis ergriffen, »paß auf, daß er den Geleisen nicht zu nahe kommt.«

Ein Achselzucken Lenens war die Antwort.

Der schlesische Schnellzug war gemeldet, und Thiel mußte auf seinen Posten. Kaum stand er dienstfertig an der Barriere, so hörte er ihn auch schon heranbrausen.

Der Zug wurde sichtbar – er kam näher – in unzählbaren, sich überhastenden Stößen fauchte der Dampf aus dem schwarzen Maschinenschlote. Da: ein – zwei – drei milchweiße Dampfstrahlen quollen kerzengerade empor, und gleich darauf brachte die

Luft den Pfiff der Maschine getragen. Dreimal hintereinander, kurz, grell, beängstigend. Sie bremsen, dachte Thiel, warum nur? Und wieder gellten die Notpfiffe schreiend, den Widerhall weckend, diesmal in langer, ununterbrochener Reihe.

Thiel trat vor, um die Strecke überschauen zu können. Mechanisch zog er die rote Fahne aus dem Futteral und hielt sie gerade vor sich hin über die Geleise. – Jesus Christus – war er blind gewesen? Jesus Christus – o Jesus, Jesus, Jesus Christus! was war das? Dort! – dort zwischen den Schienen . . . »Ha-alt!« schrie der Wärter aus Leibeskräften. Zu spät. Eine dunkle Masse war unter den Zug geraten und wurde zwischen den Rädern wie ein Gummiball hin und her geworfen. Noch einige Augenblicke, und man hörte das Knarren und Quietschen der Bremsen. Der Zug stand.

Die einsame Strecke belebte sich. Zugführer und Schaffner rannten über den Kies nach dem Ende des Zuges. Aus jedem Fenster blickten neugierige Gesichter, und jetzt – die Menge knäulte sich und kam nach vorn.

Thiel keuchte; er mußte sich festhalten, um nicht umzusinken wie ein gefällter Stier. Wahrhaftig, man winkt ihm – »Nein!«

Ein Aufschrei zerreißt die Luft von der Unglücksstelle her, ein Geheul folgt, wie aus der Kehle eines Tieres kommend. Wer war das?! Lene?! Es war nicht ihre Stimme, und doch . . .

Ein Mann kommt in Eile die Strecke herauf.

»Wärter!«

»Was gibt's?«

»Ein Unglück!« ... Der Bote schrickt zurück, denn des Wärters Augen spielen seltsam. Die Mütze sitzt schief, die roten Haare scheinen sich aufzubäumen.

»Er lebt noch, vielleicht ist noch Hilfe.«

Ein Röcheln ist die einzige Antwort.

»Kommen Sie schnell, schnell!«

Thiel reißt sich auf mit gewaltiger Anstrengung. Seine schlaffen Muskeln spannen sich; er richtet sich hoch auf, sein Gesicht ist blöd und tot.

Er rennt mit dem Boten, er sieht nicht die todbleichen, erschreckten Gesichter der Reisenden in den Zugfenstern. Eine junge Frau schaut heraus, ein Handlungsreisender im Fez, ein junges Paar, anscheinend auf der Hochzeitsreise. Was geht's ihn an? Er hat sich nie um den Inhalt dieser Polterkasten gekümmert; – sein Ohr füllt das Geheul Lenens. Vor seinen Augen schwimmt es durcheinander, gelbe Punkte, Glühwürmchen gleich, unzählig. Er schrickt zurück – er steht. Aus dem Tanze der Glühwürmchen tritt es hervor, blaß, schlaff, blutrünstig. Eine Stirn, braun und blau geschlagen, blaue Lippen, über die schwarzes Blut tröpfelt. Er ist es.

Thiel spricht nicht. Sein Gesicht nimmt eine schmutzige Blässe an. Er lächelt wie abwesend; endlich beugt er sich; er fühlt die schlaffen, toten Gliedmaßen schwer in seinen Armen; die rote Fahne wikkelt sich darum.

Er geht.

Wohin?

»Zum Bahnarzt, zum Bahnarzt«, tönt es durcheinander.

»Wir nehmen ihn gleich mit«, ruft der Packmeister und macht in seinem Wagen aus Dienströcken und Büchern ein Lager zurecht. »Nun also?«

Thiel macht keine Anstalten, den Verunglückten loszulassen. Man drängt in ihn. Vergebens. Der Packmeister läßt eine Bahre aus dem Packwagen reichen und beordert einen Mann, dem Vater beizustehen.

Die Zeit ist kostbar. Die Pfeife des Zugführers trillert. Münzen regnen aus den Fenstern.

Lene gebärdet sich wie wahnsinnig. »Das arme, arme Weib«, heißt es in den Coupés, »die arme, arme Mutter.«

Der Zugführer trillert abermals – ein Pfiff – die Maschine stößt weiße, zischende Dämpfe aus ihren Zylindern und streckt ihre eisernen Sehnen; einige Sekunden, und der Kurierzug braust mit wehender Rauchfahne in verdoppelter Geschwindigkeit durch den Forst.

Der Wärter, anderen Sinnes geworden, legt den halbtoten Jungen auf die Bahre. Da liegt er da in seiner verkommenen Körpergestalt, und hin und wieder hebt ein langer, rasselnder Atemzug die knöcherne Brust, welche unter dem zerfetzten Hemd sichtbar wird. Die Ärmchen und Beinchen, nicht nur in den Gelenken gebrochen, nehmen die unnatürlichsten Stellungen ein. Die Ferse des kleinen Fußes ist nach vorn gedreht. Die Arme schlottern über den Rand der Bahre.

Lene wimmert in einem fort; jede Spur ihres einstigen Trotzes ist aus ihrem Wesen gewichen. Sie wiederholt fortwährend eine Geschichte, die sie von jeder Schuld an dem Vorfall reinwaschen soll.

Thiel scheint sie nicht zu beachten; mit entsetzlich bangem Ausdruck haften seine Augen an dem Kinde.

Es ist still ringsum geworden, totenstill; schwarz und heiß ruhen die Geleise auf dem blendenden Kies. Der Mittag hat die Winde erstickt, und regungslos, wie aus Stein, steht der Forst.

Die Männer beraten sich leise. Man muß, um auf dem schnellsten Wege nach Friedrichshagen zu kommen, nach der Station zurück, die nach der Richtung Breslau liegt, da der nächste Zug, ein beschleunigter Personenzug, auf der Friedrichshagen näher gelegenen nicht anhält.

Thiel scheint zu überlegen, ob er mitgehen solle. Augenblicklich ist niemand da, der den Dienst versteht. Eine stumme Handbewegung bedeutet seiner Frau, die Bahre aufzunehmen; sie wagt nicht, sich zu widersetzen, obgleich sie um den zurückbleibenden Säugling besorgt ist. Sie und der fremde Mann tragen die Bahre. Thiel begleitet den Zug bis an die Grenze seines Reviers, dann bleibt er stehen und schaut ihm lange nach. Plötzlich schlägt er sich mit der flachen Hand vor die Stirn, daß es weithin schallt.

Er meint sich zu erwecken; denn es wird ein Traum sein, wie der gestern, sagt er sich. – Vergebens. – Mehr taumelnd als laufend erreichte er sein Häuschen. Drinnen fiel er auf die Erde, das Gesicht voran. Seine Mütze rollte in die Ecke, seine peinlich gepflegte Uhr fiel aus seiner Tasche, die Kapsel sprang, das Glas zerbrach. Es war, als hielte ihn eine eiserne Faust im Nacken gepackt, so fest, daß er sich nicht bewegen konnte, sosehr er auch unter Ächzen und Stöhnen sich frei zu machen suchte. Seine Stirn war kalt, seine Augen trocken, sein Schlund brannte.

Die Signalglocke weckte ihn. Unter dem Eindruck jener sich wiederholenden drei Glockenschläge ließ der Anfall nach. Thiel konnte sich erheben und seinen Dienst tun. Zwar waren seine Füße bleischwer, zwar kreiste um ihn die Strecke wie die Speiche eines ungeheuren Rades, dessen Achse sein Kopf war; aber er gewann doch wenigstens so viel Kraft, sich für einige Zeit aufrecht zu erhalten.

Der Personenzug kam heran. Tobias mußte darin sein. Je näher er rückte, um so mehr verschwammen die Bilder vor Thiels Augen. Am Ende sah er nur noch den zerschlagenen Jungen mit dem blutigen Munde. Dann wurde es Nacht.

Nach einer Weile erwachte er aus einer Ohnmacht. Er fand sich dicht an der Barriere im heißen Sande liegen. Er stand auf, schüttelte die Sandkörner aus seinen Kleidern und spie sie aus seinem Munde. Sein Kopf wurde ein wenig freier, er vermochte ruhiger zu denken.

In der Bude nahm er sogleich seine Uhr vom Boden auf und legte sie auf den Tisch. Sie war trotz des Falles nicht stehengeblieben. Er zählte während zweier Stunden die Sekunden und Minuten, indem er sich vorstellte, was indes mit Tobias geschehen mochte. Jetzt kam Lene mit ihm an; jetzt stand sie vor dem Arzte. Dieser betrachtete und betastete den Jungen und schüttelte den Kopf.

»Schlimm, sehr schlimm – aber vielleicht . . . wer weiß?« Er untersuchte genauer. »Nein«, sagte er dann, »nein, es ist vorbei.«

»Vorbei, vorbei«, stöhnte der Wärter, dann aber richtete er sich hoch auf und schrie, die rollenden Augen an die Decke geheftet, die erhobenen Hände unbewußt zur Faust ballend und mit einer Stimme, als müsse der enge Raum davon zerbersten: »Er muß, muß leben, ich sage dir, er muß, muß leben.« Und schon stieß er die Tür des Häuschens von neuem auf, durch die das rote Feuer des Abends hereinbrach, und rannte mehr, als er ging, nach der Barriere zurück. Hier blieb er eine Weile wie betroffen stehen und schritt dann plötzlich, beide Arme ausbreitend, bis in die Mitte des Dammes, als wenn er etwas aufhalten wollte, das aus der Richtung des Personenzuges kam. Dabei machten seine weit offenen Augen den Eindruck der Blindheit.

Während er, rückwärts schreitend, vor etwas zu weichen schien, stieß er in einem fort halbverständliche Worte zwischen den Zähnen hervor: »Du – hörst du – bleib doch – du – hör doch – bleib – gib ihn wieder – er ist braun und blau geschlagen – ja ja – gut – ich will sie wieder braun und blau schlagen – hörst du? bleib doch – gib ihn mir wieder.«

Es schien, als ob etwas an ihm vorüberwandle, denn er wandte sich und bewegte sich, wie um es zu verfolgen, nach der anderen Richtung.

»Du, Minna« – seine Stimme wurde weinerlich, wie die eines kleinen Kindes. »Du, Minna, hörst du? – gib ihn wieder – ich will . . .« Er tastete in die Luft, wie um jemand festzuhalten. »Weibchen – ja – und da will ich sie . . . und da will ich sie auch schlagen – braun und blau – auch schlagen – und da will ich mit dem Beil – siehst du? – Küchenbeil – mit dem Küchenbeil will ich sie schlagen, und da wird sie verrekken.

Und da . . . ja mit dem Beil – Küchenbeil, ja – schwarzes Blut!« Schaum stand vor seinem Munde, seine gläsernen Pupillen bewegten sich unaufhörlich.

Ein sanfter Abendhauch strich leis und nachhaltig über den Forst, und rosaflammiges Wolkengelock hing über dem westlichen Himmel.

Etwa hundert Schritt hatte er so das unsichtbare Etwas verfolgt, als er anscheinend mutlos stehenblieb, und mit entsetzlicher Angst in den Mienen streckte der Mann seine Arme aus, flehend, beschwörend. Er strengte seine Augen an und beschattete sie mit der Hand, wie um noch einmal in weiter Ferne das Wesenlose zu entdecken. Schließlich sank die Hand, und der gespannte Ausdruck seines Gesichts verkehrte sich in stumpfe Ausdruckslosigkeit; er wandte sich und schleppte sich den Weg zurück, den er gekommen.

Die Sonne goß ihre letzte Glut über den Forst, dann erlosch sie. Die Stämme der Kiefern streckten sich wie bleiches, verwestes Gebein zwischen die Wipfel hinein, die wie grauschwarze Moderschichten auf ihnen lasteten. Das Hämmern eines Spechtes durchdrang die Stille. Durch den kalten, stahlblauen Himmelsraum ging ein einziges, verspätetes Rosengewölk. Der Windhauch wurde kellerkalt, so daß es den Wärter fröstelte. Alles war ihm neu, alles fremd. Er wußte nicht, was das war, worauf er ging, oder das, was ihn umgab. Da huschte ein Eichhorn über die Strecke, und Thiel besann sich. Er mußte an den lieben Gott denken, ohne zu wissen, warum. »Der liebe Gott springt über den Weg, der liebe Gott springt über den Weg.« Er wiederholte diesen Satz mehrmals, gleichsam um auf etwas zu kommen, das damit zusammenhing. Er unterbrach sich, ein Lichtschein fiel in sein Hirn: »Aber mein Gott, das ist ja Wahnsinn.« Er vergaß alles und wandte sich gegen diesen neuen Feind. Er suchte Ordnung in seine Gedanken zu bringen, vergebens! es war ein haltloses Streifen und Schweifen. Er ertappte sich auf den unsinnigsten Vorstellungen und schauderte zusammen im Bewußtsein seiner Machtlosigkeit.

Aus dem nahen Birkenwäldchen kam Kindergeschrei. Es war das Signal zur Raserei. Fast gegen seinen Willen mußte er darauf zueilen und fand das Kleine, um welches sich niemand mehr gekümmert hatte, weinend und strampelnd ohne Bettchen im Wagen liegen. Was wollte er tun? Was trieb ihn hierher? Ein wirbelnder Strom von Gefühlen und Gedanken verschlang diese Fragen.

»Der liebe Gott springt über den Weg«, jetzt wußte er, was das bedeuten wollte. »Tobias« – sie hatte ihn gemordet – Lene – ihr war er anvertraut – »Stiefmutter, Rabenmutter«, knirschte er, »und ihr Balg lebt.« Ein roter Nebel umwölkte seine Sinne, zwei Kinderaugen durchdrangen ihn; er fühlte etwas Weiches, Fleischiges zwischen seinen Fingern. Gurgelnde und pfeifende Laute, untermischt mit heiseren Ausrufen, von denen er nicht wußte, wer sie ausstieß, trafen sein Ohr.

Da fiel etwas in sein Hirn wie Tropfen heißen Siegellacks, und es hob sich wie eine Starre von seinem Geist. Zum Bewußtsein kommend, hörte er den Nachhall der Meldeglocke durch die Luft zittern.

Mit eins begriff er, was er hatte tun wollen: seine Hand löste sich von der Kehle des Kindes, welches sich unter seinem Griffe wand. – Es rang nach Luft, dann begann es zu husten und zu schreien.

»Es lebt! Gott sei Dank, es lebt!« Er ließ es liegen und eilte nach dem Übergange. Dunkler Qualm wälzte sich fernher über die Strecke, und der Wind drückte ihn zu Boden. Hinter sich vernahm er das Keuchen einer Maschine, welches wie das stoßweise gequälte Atmen eines kranken Riesen klang.

Ein kaltes Zwielicht lag über der Gegend.

Nach einer Weile, als die Rauchwolken auseinandergingen, erkannte Thiel den Kieszug, der mit geleerten Loren zurückging und die Arbeiter mit sich führte, welche tagsüber auf der Strecke gearbeitet hatten.

Der Zug hatte eine reichbemessene Fahrzeit und durfte überall anhalten, um die hie und da noch beschäftigten Arbeiter aufzunehmen, andere hingegen abzusetzen. Ein gutes Stück vor Thiels Bude begann man zu bremsen. Ein lautes Quietschen, Schnarren, Rasseln und Klirren durchdrang weithin die Abendstille, bis der Zug unter einem einzigen, schrillen, langgedehnten Ton stillstand.

Etwa fünfzig Arbeiter und Arbeiterinnen waren in den Loren verteilt. Fast alle standen aufrecht, einige unter den Männern mit entblößtem Kopfe. In ihrer aller Wesen lag eine rätselhafte Feierlichkeit. Als sie des Wärters ansichtig wurden, erhob sich ein Flüstern unter ihnen. Die Alten zogen die Tabakspfeifen zwischen den gelben Zähnen hervor und hielten sie respektvoll in den Händen. Hie und da wandte sich ein Frauenzimmer, um sich zu schneuzen. Der Zugführer stieg auf die Strecke herunter und trat auf Thiel zu. Die Arbeiter sahen, wie er ihm feierlich die Hand schüttelte, worauf Thiel mit langsamem, fast militärisch steifem Schritt auf den letzten Wagen zuschritt.

Keiner der Arbeiter wagte ihn anzureden, obgleich sie ihn alle kannten.

Aus dem letzten Wagen hob man soeben das kleine Tobiaschen.

Es war tot.

Lene folgte ihm; ihr Gesicht war bläulichweiß, braune Kreise lagen um ihre Augen.

Thiel würdigte sie keines Blickes; sie aber erschrak beim Anblick ihres Mannes. Seine Wangen waren hohl, Wimpern und Barthaare verklebt, der Scheitel, so schien es ihr, ergrauter als bisher. Die Spuren vertrockneter Tränen überall auf dem Gesicht; dazu ein unstetes Licht in seinen Augen, davor sie ein Grauen ankam.

Auch die Tragbahre hatte man wieder mitgebracht, um die Leiche transportieren zu können.

Eine Weile herrschte unheimliche Stille. Eine tiefe, entsetzliche Versonnenheit hatte sich Thiels bemächtigt. Es wurde dunkler. Ein Rudel Rehe setzte seitab auf den Bahndamm. Der Bock blieb stehen mitten zwischen den Geleisen. Er wandte seinen gelenken Hals neugierig herum, da pfiff die Maschine, und blitzartig verschwand er samt seiner Herde.

In dem Augenblick, als der Zug sich in Bewegung setzen wollte, brach Thiel zusammen.

Der Zug hielt abermals, und es entspann sich eine Beratung über das, was nun zu tun sei. Man entschied sich dafür, die Leiche des Kindes einstweilen im Wärterhaus unterzubringen und statt ihrer den durch kein Mittel wieder ins Bewußtsein zu rufenden Wärter mittels der Bahre nach Hause zu bringen.

Und so geschah es. Zwei Männer trugen die Bahre mit dem Bewußtlosen, gefolgt von Lene, die, fortwährend schluchzend, mit tränenüberströmtem Gesicht den Kinderwagen mit dem Kleinsten durch den Sand stieß.

Wie eine riesige purpurglühende Kugel lag der Mond zwischen den Kiefernschäften am Waldesgrund. Je höher er rückte, um so kleiner schien er zu werden, um so mehr verblaßte er. Endlich hing er, einer Ampel vergleichbar, über dem Forst, durch alle Spalten und Lücken der Kronen einen matten Lichtdunst drängend, welcher die Gesichter der Dahinschreitenden leichenhaft anmalte.

Rüstig, aber vorsichtig schritt man vorwärts, jetzt durch enggedrängtes Jungholz, dann wieder an weiten, hochwaldumstandenen Schonungen entlang, darin sich das bleiche Licht wie in großen, dunklen Becken angesammelt hatte.

Der Bewußtlose röchelte von Zeit zu Zeit oder begann zu phantasieren. Mehrmals ballte er die

Fäuste und versuchte mit geschlossenen Augen sich emporzurichten.

Es kostete Mühe, ihn über die Spree zu bringen; man mußte ein zweites Mal übersetzen, um die Frau und das Kind nachzuholen.

Als man die kleine Anhöhe des Ortes emporstieg, begegnete man einigen Einwohnern, welche die Botschaft des geschehenen Unglücks sofort verbreiteten.

Die ganze Kolonie kam auf die Beine.

Angesichts ihrer Bekannten brach Lene in erneutes Klagen aus.

Man beförderte den Kranken mühsam die schmale Stiege hinauf in seine Wohnung und brachte ihn sofort zu Bett. Die Arbeiter kehrten sogleich um, um Tobiaschens Leiche nachzuholen.

Alte, erfahrene Leute hatten kalte Umschläge angeraten, und Lene befolgte ihre Weisung mit Eifer und Umsicht. Sie legte Handtücher in eiskaltes Brunnenwasser und erneuerte sie, sobald die brennende Stirn des Bewußtlosen sie durchhitzt hatte. Ängstlich beobachtete sie die Atemzüge des Kranken, welche ihr mit jeder Minute regelmäßiger zu werden schienen.

Die Aufregungen des Tages hatten sie doch stark mitgenommen, und sie beschloß, ein wenig zu schlafen, fand jedoch keine Ruhe. Gleichviel ob sie die Augen öffnete oder schloß, unaufhörlich zogen die Ereignisse der Vergangenheit daran vorüber. Das Kleine schlief. Sie hatte sich entgegen ihrer sonstigen

Gewohnheit wenig darum bekümmert. Sie war überhaupt eine andre geworden. Nirgend eine Spur des früheren Trotzes. Ja, dieser kranke Mann mit dem farblosen, schweißglänzenden Gesicht regierte sie im Schlaf.

Eine Wolke verdeckte die Mondkugel, es wurde finster im Zimmer, und Lene hörte nur noch das schwere, aber gleichmäßige Atemholen ihres Mannes. Sie überlegte, ob sie Licht machen sollte. Es wurde ihr unheimlich im Dunkeln. Als sie aufstehen wollte, lag es ihr bleiern in allen Gliedern, die Lider fielen ihr zu, sie entschlief.

Nach Verlauf von einigen Stunden, als die Männer mit der Kindesleiche zurückkehrten, fanden sie die Haustüre weit offen. Verwundert über diesen Umstand, stiegen sie die Treppe hinauf, in die obere Wohnung, deren Tür ebenfalls weit geöffnet war.

Man rief mehrmals den Namen der Frau, ohne eine Antwort zu erhalten. Endlich strich man ein Schwefelholz an der Wand, und der aufzuckende Lichtschein enthüllte eine grauenvolle Verwüstung.

»Mord, Mord!«

Lene lag in ihrem Blut, das Gesicht unkenntlich, mit zerschlagener Hirnschale.

»Er hat seine Frau ermordet, er hat seine Frau ermordet!«

Kopflos lief man umher. Die Nachbarn kamen, einer stieß an die Wiege. »Heiliger Himmel!« Und er fuhr zurück, bleich, mit entsetzensstarrem Blick. Da lag das Kind mit durchschnittenem Halse.

Der Wärter war verschwunden; die Nachforschungen, welche man noch in derselben Nacht anstellte, blieben erfolglos. Den Morgen darauf fand ihn der diensttuende Wärter zwischen den Bahngeleisen und an der Stelle sitzend, wo Tobiaschen überfahren worden war.

Er hielt das braune Pudelmützchen im Arm und liebkoste es ununterbrochen wie etwas, das Leben hat.

Der Wärter richtete einige Fragen an ihn, bekam jedoch keine Antwort und bemerkte bald, daß er es mit einem Irrsinnigen zu tun habe.

Der Wärter am Block, davon in Kenntnis gesetzt, erbat telegraphische Hilfe.

Nun versuchten mehrere Männer ihn durch gutes Zureden von den Geleisen fortzulocken; jedoch vergebens.

Der Schnellzug, der um diese Zeit passierte, mußte anhalten, und erst der Übermacht seines Personals gelang es, den Kranken, der alsbald furchtbar zu toben begann, mit Gewalt von der Strecke zu entfernen.

Man mußte ihm Hände und Füße binden, und der inzwischen requirierte Gendarm überwachte seinen Transport nach dem Berliner Untersuchungsgefängnisse, von wo aus er jedoch schon am ersten Tage nach der Irrenabteilung der Charité überführt wurde.

Noch bei der Einlieferung hielt er das braune Mützchen in Händen und bewachte es mit eifersüchtiger Sorgfalt und Zärtlichkeit.

Die Hochzeit auf Buchenhorst

Als ich Kühnelle kennenlernte, war ich achtzehn und er etwa zweiundzwanzig. Er kam nach Jena, Gott weiß wozu, und ich war in Jena, um Gott weiß was zu studieren. Er schloß sich unserem studentischen Kreise an, der aus meinem Bruder und mir, einem schwerhörigen Geschichtsprofessor und einigen anderen Freunden bestand.

Kühnelle war ein stattlicher junger Mann von runden Gesichtsformen. Nicht nur die Herzen der Weiber flogen ihm zu. Wir sahen sofort, wir hatten es mit keinem gewöhnlichen Menschen zu tun. Natürlich hatte er sein Abiturium hinter sich und belegte Kollegs, wie wir anderen, wodurch er aber nicht irgendeinem studentischen Typus ähnlicher ward. Bevor wir ihn näher kennenlernten – wenn man bei ihm von einem Näherkennenlernen überhaupt sprechen kann –, wußten wir nicht, was wir aus ihm machen sollten. Eines Tages erfuhr ich, und zwar von ihm selbst, er habe früher eine große Kraft in seinen Händen gehabt, leider aber den rechten Arm überspielt. Kurz: er hatte einer Pianistenlaufbahn entsagt.

Kühnelles Familie war in Leipzig und Dresden ansässig. Sie hatte italienisches Blut.

In seinem Äußeren unterschied sich Dietrich Kühnelle von uns durch Salonfähigkeit. Stattlicher, breitschulteriger, kurzum männlicher als wir, trug er am Tage einen schwarzen, an den Rändern mit Borte versehenen Cutaway, einen schwarzen, großen, weichen Hut, den Sommerpaletot überm Arm, ein paar helle Handschuhe in der Hand.

Er hatte blondes, dichtes, gekräuseltes Haar. Allein diesen blonden, oft etwas faden germanischen Typ widerlegten sogleich zwei dunkle, feurige Augen, widerlegte die ihn erfüllende, in den ersten Wochen unserer Bekanntschaft nicht zutage tretende, leidenschaftliche Innerlichkeit. Wenn sie sich äußerte, war es etwa, als wenn ein Gefäß, von dem man glaubte, es sei mit Milch gefüllt, sich voll feurigen Weins erwiese.

Kühnelle blickte auf uns herab. Er gestand mir später, warum er sich in den ersten Wochen unserer Bekanntschaft still verhalten hatte. Mein Bruder und ich, so sagte er, hätten ihn angezogen. Was wir aber bei Tisch und des Abends auf der Kneipe gesagt, getan und getrieben und wie wir das alles gesagt, getan und getrieben hätten, das kam ihm auf eine peinliche Weise enttäuschend und auf verletzende Weise unreif vor. Es habe ihn geradezu abgestoßen. Sein Gedanke war, plötzlich und ohne Abschied von Jena überhaupt zu verschwinden, da er sich bereits zu tief mit uns eingelassen habe, um, wenn er am Orte bliebe, ohne offenen Bruch von uns loszukommen.

Was ihn schließlich festhielt, war seine Neigung zu mir.

Solche Bekenntnisse machte er mir nach Monaten. Meine Ansichten brachten mich in der Tat seltener mit ihm als mit meinem Bruder und mit meinen anderen Freunden in Gegensatz. Auf was ich hinauswollte, das war die Kunst, nicht die Wissenschaft. Die Frage war: sollte ich Bildhauer werden, oder sollte ich gar auf etwas hinarbeiten, was man eigentlich entweder ist oder nicht, aber nie werden kann? Die sogenannten Meininger, die ich als Knabe im Stadttheater zu Breslau sah, hatten mir eine Leidenschaft zum Theater eingeflößt und den brennenden Ehrgeiz, Dramen zu schreiben. Ich tat es auch, und so konnte es denn nicht ausbleiben: ich las vorhandene Versuche und Fragmente eines Tages Kühnelle vor. Bei solchen Gelegenheiten geriet mein Bruder in Begeisterung. Auch meine übrigen Freunde ließen sich hinreißen. Bei Kühnelle war das nicht zu erreichen. Man spürte auch hier seine unbestechliche Überlegenheit. Er sagte zu dem, was er hörte, nicht nein. Allein sein Begriff von schöpferischer Dichterkraft war mit einer so unerhörten Begnadung gleichbedeutend, daß er in meinen vorgelegten Proben die Anwartschaft auf dergleichen Begnadung nicht sehen konnte. Er selbst, von dessen musikalischen Fähigkeiten ich damals, weil er nicht vorspielte, keinen Begriff haben konnte, versagte sich jedem Versuch zur Komposition. Das wahrhaft Große zu leisten sei unter Millionen kaum einem beschieden, sagte er. Er schließe sich nicht dem ungeheuren Zuge dünkelhafter Narren an, in dem er, wie jeder von ihnen, glaube, er sei der Eine.

Er drückte das übrigens nicht so aus. Seine Proteste waren niemals heftig oder feierlich, sondern eher in Form von Fragen gehalten, wobei er einen scharf wie durch Brillengläser – er trug keine Brille – ins Auge faßte.

In einem gewissen Sinne, durchaus ohne zu verletzen, hielt er sich bei unseren Zusammenkünften wie jemand, der sich anschließt, ohne eigentlich zugehörig zu sein.

Weshalb der vereinsamte alte Junggeselle und Professor der Geschichte sich zu uns gefunden hatte, weiß ich heute nicht mehr zu sagen. Mein Bruder und Pfaff, der fünfte im Bunde, studierten Naturwissenschaft. Der sechste, Haalhaus, war trotz seiner Jugend bereits eine Leuchte auf dem Gebiete der vergleichenden Sprachwissenschaft. Es lag auf der Hand, daß er in sehr jungen Jahren sein Ziel, eine Professur, erreichen würde, da er schon jetzt alle Merkmale des Gelehrten an sich trug, und zwar bereits im Zustand der Verknöcherung. Gespräche außerhalb des Gebietes seiner Wissenschaft kannte er nicht. Es war noch ein Herr von Gabler, ein Balte, da und ein Pole, dessen Name mir nicht mehr gegenwärtig ist. So war ja überhaupt unser Kreis ein bißchen zusammengewürfelt, und wenn er eine Weile beisammenblieb, so lag das nicht an einer Idee, die uns etwa gemeinsam gewesen wäre und uns gebunden hätte, sondern daran, daß Persönlichkeiten einander anzogen, daß sie Gefallen aneinander gefunden hatten, ohne recht zu wissen, warum. Trotzdem, wie gesagt, schien Kühnelle sich noch auf besonders ausgesprochene Weise als von uns allen abgesondert zu betrachten, im einzelnen und im ganzen gleichsam nur unser Gast zu sein.

Von meinem Bruder war er, wie er mir sagte, enttäuscht worden. Vielleicht habe das daran gelegen, meinte er, daß er, nachdem er ihn lange im Kolleg, in den Gasthäusern und auf der Straße beobachtet hätte, von seiner Persönlichkeit derartig hingenommen gewesen sei, daß er seine Bekanntschaft mit allzu brennender Spannung gesucht habe. Worauf die Enttäuschung beruhte, hat er mir mehrmals unter vier Augen dargelegt. Aber es ist mir leider entfallen. Konrad, mein Bruder, lebte damals in einem idealistischen Rausch, einem doppelten Rausch, da er sich nicht nur an Darwin, Büchner, Haeckel, Spinoza und anderen berauschte, sondern am meisten an sich selbst. Das drängende Gären seines allbelebenden, höchst lebendigen Geistes ließ ihm für die echten Schicksale anderer keine Zeit. Gerade dies aber mochte es sein, was der junge Kühnelle erhofft hatte.

Es dauerte nämlich nicht sehr lange, bis man es,

oder besser, bis ich es im Wesen dieses scheinbar kerngesunden, allezeit heiteren jungen Mannes wetterleuchten sah. Es traten seltsame Äußerungen zutage, die auf geheimnisvolle Dinge hindeuteten, mit denen sein Dasein belastet schien. Dies berührte mich um so sonderbarer, als mein neuer Freund einen kraftstrotzenden, dabei aber auch wohlgenährten Eindruck machte und auf seinem schönen, heiteren Gesicht nicht die allerkleinste Sorgenfalte erkennbar war. Sah man von der Einmaligkeit seiner Erscheinung ab, so fand man in ihm den wohlerzogenen, reichen Bürgersohn, der immer einen gedeckten Tisch, ein gutes Bett, eine warme Stube und alle und jede Bequemlichkeit des Daseins genossen, Mangel und Sorge nicht kennengelernt hatte.

Die Enthüllungen des gelegentlichen Wetterleuchtens ließen jedoch einen inneren Kampfplatz und darauf ein keineswegs leichtes Kampfleben, natürlich nur flüchtig, sichtbar werden. Es handelte sich dabei um Streitigkeiten, die Kühnelle in sich selbst, mit sich selbst und gegen sich selbst auszutragen hatte. Rings um den jungen Menschen aber tauchten, hastig umrissen, Mitglieder einer Familie auf, die, durch unversöhnliche Gegensätze getrennt, unter einem schweren Verhängnis zu stehen schienen.

Auch in meiner Familie waren Meinungsverschiedenheiten, Streitereien, Entzweiungen aller Art keine Seltenheit, aber sie hatten doch nicht, wie hier, den Charakter des Unversöhnlichen. Auch ich beklagte eine Schulerziehung, die mir, wie ich glaubte, mein Selbstbewußtsein geraubt und mich gleichsam am Rückgrat lädiert hatte. Er dagegen verwarf, ja verfluchtete seine ganze Jugendzeit, haßte seine Erzieher, Vater, Mutter und Lehrer, ohne Ausnahme und in einem Geiste, dem jeder Gedanke an Verstehen, an Entschuldigung oder gar Verzeihung nicht entfernt in Betracht kommen konnte.

In langem, unermüdlich zähem Ringen habe er sich, wie er sagte, durchgeschlagen und frei gemacht. Es sei seinen Unterdrückern, seinen Peinigern, seinen stupiden und tückischen Verfolgern, diesem durch Gesetze geschützten Verbrecherkonsortium, das mit sadistischer Lust und niederträchtig-satanischer Entschlossenheit seinen Leib zu schänden, seine Seele zu töten gesucht habe, weder das eine noch das andere gelungen. Ihre Minen wären nicht tief genug, er habe die seinigen tiefer gegraben. Das habe er aber nur darum erreicht, weil er früh das wahre Gesicht aller derer, die ein so unerbetenes und unverschämtes Interesse an ihm nähmen, entlarvt habe. Von da ab habe ihn keine Form von sogenanntem Zuspruch, von Belehrung oder Ermahnung, keine Form von süßlicher Heuchelei mehr getäuscht. Sie habe in ihm den jederzeit entschlossenen Gegner gefunden, der sich mit allen nur immer denkbaren Mitteln gegen sie wappnete und wehrte. Jede Waffe schien ihm erlaubt. Als er nun einmal auf unzweideutige Art und Weise zur Erkenntnis des niederträchtigen Verrates, den man Jugenderziehung nenne, gekommen sei, hätte er sich alle und jede Mittel zugebilligt. Denn was anders sei es, auf was diese sogenannte Erziehung hinauskomme, als das, was man anwende, wenn man einen gefangenen Raubvogel am Fliegen verhindern wolle: man mache seine Schwingen unbrauchbar. Nicht so in die Augen fallend freilich, sondern tückisch, schlau und geheim, aber darum auch um so vollständiger sei die menschliche Verstümmelung. Dem Knaben werde zuerst der Gebrauch seiner Kräfte verboten und dann überhaupt das Bewußtsein seiner Kraft geraubt. Vom Recht dagegen sei nie die Rede. Die Empfindung absoluter Rechtlosigkeit werde dem Gemüte des Menschen mit glühendem Stempel eingeprägt. Man benutze, sobald dies geschehen sei, die Wunde zu Zwecken der Lähmung und Demütigung, wie man es mit dem Stiere tue, den man an einem durch seine Nasenscheidewand gezogenen Ringe führt.

Der Lehrer erlaube keinen Widerspruch, wodurch dem Schüler das höchste Menschenrecht, sich gegen Unbill zu verteidigen, genommen sei. So habe man, sagte Kühnelle, ihn stumm gemacht, um gleich darauf auch für Taubheit zu sorgen. Taub habe man zu sein gegen jede Art von Verletzung, Beschimpfung, Beleidigung. Man habe zu schweigen und taub zu sein, und werde der eigene Vater flugs ein Dieb, die Mutter eine Hure genannt! Das Augenlicht werde reduziert – oder liefen denn nicht Hunderttausende, ja

66

Millionen von armen Menschen herum, die den größten Teil ihrer Sehkraft auf den verfluchten Bänken der Schule gelassen hätten? Werde nicht den meisten ebendaselbst der Brustkorb eingedrückt, so daß sie ein Leben lang zu husten hätten? Und schließlich und endlich: werde man nicht entweder zum Eunuchen gemacht oder mit einem verdorbenen, krankhaft überreizten Geschlechtstrieb entlassen? Ein, wie er sagte, gottverfluchtes Abiturium!!

Kühnelle schloß: »Natürlich, in einem solchen Kampfe steht man allein!« Er sagte das auf die ihm eigentümliche Art, indem er sich dabei die Hände rieb, sich diebisch und triumphierend zu freuen schien und in kaum zu verhaltendem Glücksrausch kicherte. – »Natürlich, natürlich, man steht allein. Das ist es ja eben: man steht allein. Das ist ja das Gute, man steht allein, Erwin. Und, Erwin, das darf man niemals vergessen: man hat keinen Menschen in der Welt, der einem helfen will oder kann. Sie würden einen alle verraten. Das ist es ja eben, daß man sich dazu, allein zu stehen, fest entschließen muß. Man muß sich eisern dazu entschließen. Man ist gerettet, wenn man in diesem Punkte seiner sicher ist.«

Ich war zu jener Zeit schon verlobt. Von meiner Braut, die in der Nähe von Dresden auf ihrer Besitzung lebte, hatte ich mir einen Revolver und eine Spieluhr schenken lassen. Meine Neigungen gingen einerseits in das Enge, andererseits mit übertriebenen

Hoffnungen, übertriebenen Wünschen in die Weite der Zukunft hinaus. Und während ich in meiner engen, lieben Studentenbude in süßer Zerflossenheit der Spieluhr lauschte, nährte ich gleichzeitig Wahngefühle von künftiger Größe in mir. Aber auch der Verfolgungsgedanke, von dem, wie es schien, Kühnelle besessen war, beherrschte mich und bewirkte, daß ich überflüssiger- und höchst seltsamerweise das Geschenk meiner Liebsten, den Revolver, immer geladen bei mir trug.

Das alles zeigt eine große Unreife, wenn man es mit den Augen eines älteren Menschen betrachten will. Am Ende indes sind es fruchtbare Gärungen, die dem Jünglingsalter natürlich sind. Man hat unendlich vieles erlebt und doch keinen Boden unter den Füßen. Man ist sich innerer Kräfte bewußt und ist zu jeder Enttäuschung verdammt, wenn man versucht, sie anzuwenden. Bin ich damals Kommunist gewesen? Sicher ist, daß wir, in einem glücklichen Rausche der Jugend befangen, mitten in einen Frühling des Körpers, des Herzens und des Geistes hineingestellt, Pläne für ein neues Gemeinwesen gemacht hatten, für das Amerika der rechte Boden schien. Wie glücklich wir waren, wußten wir aber nicht. Wie hätten wir sonst uns mit Plänen getragen, je eher je lieber dem neuen Deutschen Reiche den Rücken zu kehren und gleich den Kindern Israels aus dem Lande Ägypten zu ziehn?

Weder meine Spieluhr noch mein geladener Revolver, ebensowenig unsre immer wieder laut durchgesprochenen kolonialen Luftschlösser regten Kühnelle zu irgendwelchen Protesten an. War es Natur oder Disziplin? Ich möchte doch glauben Disziplin. Er, der das Rettende aus den überall drohenden Mächten des Lebens in der Isolierung sah, zog auch die weitere Folgerung, sich jeder Einmischung in das Persönlichkeitsleben anderer zu enthalten. Wie durchaus und immer er es vermied, das erregt mir noch heute Bewunderung. Warum machte sich denn der Musiker nicht über meinen Geschmack an der Spieluhr lustig? Warum äußerte er nie über meine sinnlose, versteckte Bewaffnung Verwunderung, da er doch halbe Nächte lang beim Mondschein furchtlos vom Fuchsturm aus durch die Wälder strich und ihm persönliche Furcht im gewöhnlichen Leben etwas Unbekanntes war? Warum unterstützte er uns sogar durch Geld, als wir einen jungen Studenten der Nationalökonomie als Pionier nach Amerika aussandten, um für die geplante Kolonie den geeigneten Ort auszumitteln? er, der doch an dieser Jugendtorheit nicht den geringsten Anteil nahm.

Was in Kühnelle gebunden war, bekamen wir erst zu spüren, als der Dämon sich frei machte. Unser Freund Pfaff gab seinen Doktorschmaus. O du entzückendes altes Gasthaus Zum Löwen! O du dicker, schüchterner, grundgütig-wohltrauender Löwenwirt! Wir saßen in einem Extrazimmer, in dem sich auch ein Klavier befand. Die Wände waren natürlich mit gekreuzten Rapieren, Zerevis-Käppchen, studentischen Abzeichen und Photographien von Stiftungsfesten behängt. Pfaff spendete schließlich Sekt in Strömen. Das war ein ähnliches Wunder ungefähr als jenes, das durch den Stab des Moses in der Wüste hervorgerufen wurde, als er aus einem Felsen Wasserfluten hervorlockte. Pfaff, eines Stubenmalers Sohn, hatte nicht einen Pfennig Geld zu vergeben, und doch hörte der Sekt nicht zu fließen auf. Unbedingt war es ein rührender Höhepunkt, als der liebe Studentenvater und Löwenwirt, von einer Deputation eingeholt, in das Kneipzimmer trat und sich schließlich, errötend und geschmeichelt, neben dem jungen Doktor niedersetzte. Er genoß den Dank für alle Wohltaten, die er dem alles schuldig bleibenden Pfaff bisher erwiesen hatte, wenn er sich nun an seinem eigenen Sekt nach Herzenslust berauschen durfte. Kühnelle aber brachte einen noch höheren Höhepunkt. Die Stunde war etwas vorgeschritten. Wir hatten uns zugetrunken, mit einem Polen hochverräterisch auf die Wiederherstellung Polens angestoßen, gegen Tyrannen und Pfaffen getobt, das halbe Kommersbuch heruntergebrüllt, als schließlich mit einem wilden Sprung Kühnelle sich den schwarzen Rock von den Schultern riß und in Hemdärmeln an das Klavier setzte. Die Schleuse brach, er konnte nicht anders, obgleich er damit das strenge Verbot der Ärzte mißachtete. Wir wurden still, und nun ging es los.

Wir hörten die zweite Rhapsodie von Liszt. Am Anfang musizierte und meditierte ein Erzengel. Aber aus dem Unterirdischen kroch und schlich ein Dämon herauf, der sich plötzlich mit tückischem Klauenhieb des himmlischen Instrumentes bemächtigte. Hatte der beraubte Erzengel über den neuen Musikanten Gewalt oder nicht? Jedenfalls ließ er ihn schweigend gewähren. Vielleicht sah er und hörte mit majestätischem Staunen, was alles aus der feierlichen Harfe des Himmels sich befreite und in dämonischem Tanze, in dämonischer Raserei durcheinanderfuhr. Wir hörten Feuerstürme hervorsausen, blaue Stichflammen schossen empor. Es waren keine Tänzer des Himmels, die dabei ihre Füße in höllischer Wildheit und Maßlosigkeit umeinander wirbelten und mit ihnen den Rhythmus anschlugen, einen Rhythmus, der unwiderstehlich, unaufhaltsam, allmächtig, gotteslästerlich herausfordernd, also sakrilegisch und schamlos war: es waren furchtbar gellende, schöpferische Tatzenschläge, mit denen dieser höllische Harfenist die himmlische Harfe wütend mißbrauchte.

Das Spiel war aus. Ein Wink des Erzengels vielleicht hatte das Höllengelichter, Harfe und Spieler hinweggefegt. Der Nachhall, ein schwindendes Rauschen, weitete noch den engen Raum einen Augenblick.

Wir saßen wie vor den Kopf geschlagen.

Aber im Nu danach sprangen wir auf, und: Kühnelle! Kühnelle! Kühnelle! klang es eine Viertelstunde lang in wilder Begeisterung durcheinander. Wir wußten bis heute nicht, wer er war, nun hatte er uns seine Hand gewiesen, wie die deutschen Maler des Cinquecento zu sagen pflegten, wenn sie einander Proben ihrer Kunst vorlegten.

Von da an wurde Kühnelle verwöhnt. Er war eine andere Menschenart, außerhalb der studentischen Welt, dieser fremd, aber von ihr mit einem mystischen Respekt gewürdigt. Mein Bruder und ich, die wir mit den Gestalten des deutschen Olymps und Parnasses begeistert umwerbenden Umgang pflogen, kamen ihm, wie gesagt, auch persönlich nah. Ich ihm wiederum näher als mein Bruder. Um so viel, als diesen sein naturwissenschaftliches Studium etwa von ihm entfernte, ward ich ihm durch meine ausschließliche Hingabe an ein künstlerisches Ziel nähergerückt. Die Verwöhnung aber war allgemein. Man umbuhlte ihn, weil man von seinem Können, seinem künstlerischen Vermögen den größten Begriff hatte. Man war, da man zu diesem Vermögen selbst keinen Zugang besaß und es eigentlich als ein Wunder bestaunte, eingebildet darauf, mit Kühnelle umzugehen, und am meisten, wenn man ihn, wie es nun doch hie und da geschah, öffentlich am Klavier produzieren konnte.

Kühnelle hatte mir, ehe der Abend im Löwen sie überraschend enthüllte, Andeutungen über das Ungewöhnliche seiner Begabung gemacht. Aber er hatte die Äußerungen eines hohen Selbstbewußtseins insofern herabgesetzt, als er die repoduzierenden Künste auf eine niedrige Stufe stellte. Ich hatte den damals neunzehnjährigen Eugen d'Albert gehört, der europäisches Aufsehen machte und den man noch heute als das größte klavieristische Phänomen betrachtet nach Rubinstein. Zu den Ausbrüchen meines Enthusiasmus schwieg Kühnelle. Wenn er auf diese Weise schwieg, so wußte man immer, er werde nur dann zu reden anfangen, wenn man ihn dringend dazu auffordere. Er hatte sich dann mit eigensinniger Innerlichkeit das Unmögliche einer Verständigung attestiert.

»Hätte ich nicht monatelang sechzehn Stunden täglich Klavier geübt«, war seine Antwort bei einer solchen Gelegenheit, »so hätten mir alle d'Alberts der Welt nicht bange gemacht, ich steckte sie alle in die Tasche! In meinem Sinne aber wäre dadurch nur wenig gewonnen. Das Schöpferische ist es allein, wodurch der Menschheit etwas hinzugefügt werden kann!« – »Was wäre«, wandte ich ein, »eine Sonate von Haydn, Mozart, Beethoven ohne Klavier, eine Symphonie ohne Orchester?« Dagegen etwas zu sagen lohnte ihm nicht. Er blieb dabei, dem Pianisten, dem Geiger, dem Instrumentalisten überhaupt das Schöpferische abzusprechen.

Eines Abends hatten wir auf dem Fuchsturm gekneipt. Es wurden einem dort Fackeln aus zusammengebundenen Kienspänen für den Heimweg eingehändigt, da er durch den Wald führte und außerdem steil und steinicht war. Das Ableben Richard Wagners bewegte die Welt. In Weimar war eine Totenfeier für den nächsten Tag angesagt. Unsere Feier lag hinter uns. Kühnelle hatte während des ganzen Abends Wagner gepaukt, und jedes Kännchen Lichtenhainer, das wir hinunterschütteten, war eine Wagner-Libation. In die finstere, feuchte, aber merkwürdig warme Februarnacht hinausgetreten, kam uns, während die ersten Fackeln aufflammten, der etwas tolle Gedanke an, vom Flecke weg bis Weimar zu wandern, die heiligen Orte der Deutschen dort tagsüber zu besuchen und am Abend der Wagner-Feier beizuwohnen. Gedacht, getan: bei grauendem Morgen kamen wir in dem noch schlafenden Weimar an. Ohne vom Geist Kühnelles durchdrungen und belebt zu sein, würden wir dem großen deutschen Meister gewiß nicht durch eine dergleichen beschwerliche nächtliche Pilgerfahrt gehuldigt haben.

Dietrich Kühnelle hatte damals nicht die geringste Beziehung zu Philosophie und Religion. Kunst war das ein und alles für ihn. Ich kenne außer ihm keinen Menschen, der einen so hohen, allumfassenden Begriff von Kunst besaß. In diesem Begriffe waren ihm Gott, Welt, Menschheit zusammengeschmolzen. Wo sie nicht war, nämlich die Kunst, wie Kühnelle sie verstand, da gäbe es nur Unzulänglichkeiten. Unter diese rechnete er Philosophie, Religion und Wissenschaft. »Ohne es zu wissen, saugen diese aus den

74

Brüsten der Kunst«, sagte Kühnelle, »was überhaupt noch an ihnen ist.«

Dieser heiter-spannkräftige, beinahe üppige, jedermann mit Herzensgüte begegnende, schöne junge Mensch hatte den meisten gegenüber in Wahrheit etwas entschieden Ablehnendes. Er hatte gesagt, man stehe allein. Aber die Härte des Urteils, eine unbeugsame Härte, die man unausgesprochen spürte, wo er ablehnte, konnte nicht von dieser Erkenntnis herstammen. Sie zeigte sich in einer Umhüllung von unnahbarem Eigensinn. Trug Kühnelle eine ungesühnte Schuld mit sich herum, wie man es aus gewissen Äußerungen gegen mich immerhin schließen konnte, so machte er möglicherweise die böse Welt und die bösen Menschen dafür verantwortlich. Aber dies würde ebensowenig – mein verewigter Freund verzeihe es mir – das störrisch Maultierhafte, das heimlich Entschlossene, Widerspenstige erklären, wodurch seine Abneigungen sich äußerten. Hegte dieser gesellige Einsiedler also einen unversöhnlichen Menschenhaß? War ihm etwas von der philosophischen Galle eines Timon von Athen ins Blut getreten?

Ich sehe ihn an einem Pfingstfeiertage, als die Glocken in den Ortschaften des Elbtales das Ende des morgendlichen Gottesdienstes anzeigten, durch die mit frischem Sand bestreuten Wege eines herrschaftlichen Parkes an der Seite eines Freundes heraufkommen. Beide jungen Menschen, gleich stattlich, von einer überschäumenden Fröhlichkeit, riefen uns schon von weitem lachende Grüße zu, meiner schönen Geliebten und mir, die wir aus dem Fenster eines alten, unvergeßlichen Lößnitz-Landhauses auf sie hinabblickten. An diesem Morgen, an diesem Tage war alles, inbegriffen Kühnelle, nur Heiterkeit. Niemals wird das Leben mehr solchen Sinn haben! Eine Schönheit des Seins, ein Glück ohnegleichen beseligte uns. Der alte Landsitz war von einer nach Kilometerlängen meßbaren Mauer umgeben.

Kühnelle hatte seinen Busenfreund Hasper mitgebracht. Wir wußten, daß er Komponist war und daß Kühnelle ihn bei Abschriften seiner Partituren, ja sogar bei der sogenannten Instrumentation unterstützte. Meine liebe, entzückende Braut, die mit ihrer Schwester und einem alten Onkel den großen, hochbedachten Barockbau allein bewohnte, hatte Neudietendorf, eine herrnhutische Erziehungsanstalt, noch nicht lange hinter sich und außerdem, da ihr jüngst verstorbener Vater vierzehn Jahre als einsamer Witwer gelebt hatte, junge Leute, Künstlernaturen von dieser Art, bisher nicht kennengelernt. Schließlich sind sie ja auch nicht leicht zu finden.

Schon der gesellschaftliche Ton, den sie mitbrachten, war in hohem Grade anziehend. Man fühlte, daß sie sich viel in Salons bewegt hatten, was ja bei Pianisten nicht zu verwundern ist. Ohne aber, wie Virtuosen zuweilen, dünkelhafte und exzentrische Seiten hervorzukehren, gaben sie sich mit Unbefangenheit und Natürlichkeit. Gabriele sah sie zum erstenmal und war sogleich ganz entzückt von ihnen. Man konnte überrascht sein, wenn man bei der sonstigen Zurückhaltung der schönen Schwestern schon nach einer Viertelstunde des Zusammenseins alle Fremdheit diesen jungen Eindringlingen gegenüber schwinden sah. Vertrauen wurde zur Vertraulichkeit. Es wäre nicht freier und heiterer zugegangen, wenn etwa Schulkameradinnen die hübschen Kinder besucht hätten; nicht um ein Gran weniger albern wurde alsbald gescherzt und gelacht.

Erst vor Monatsfrist hatte die ältere Schwester den Gedanken gefaßt, sich im Klavierspielen besser auszubilden, und zu diesem Zweck zunächst einen Bechstein gekauft. Auch das alte Instrument war noch da, in dem gleichen Raum, aber hinter Blattpflanzen sowie unter Gegenständen aller Art so versteckt, daß ein Fremder es nicht entdecken konnte. Wie es nun Hasper doch erkannte und um die Erlaubnis bat, es wieder zu Ehren zu bringen, wie er mit Kühnelle oder auch allein schwere Kübel, in denen Lorbeerbäume standen, abrückte und schließlich mit herkulischen Armen dem alten Flügel die richtige Stellung gab, war nicht nur erheiternd, sondern zur Fröhlichkeit fortreißend. Noch stärker wirkte fast in dieser Richtung Kühnelles begeisterter und begeisternder Übermut. Es war ziemlich heiß. Die Finken geigten. Die Sonne glühte zu den hohen, offenen Fenstern herein.

Kühnelle fragte, ob er sehr anstoßen würde, wenn er sich seines Sommerjacketts entledigte. Fast im selben Augenblick, als es geschehen war, saß er an dem alten Klavier und glitt mit den Fingern über die Tasten. Es klang verstimmt. Aber in zwei Minuten war Kühnelle bereits der Klavierstimmer. Mit einer Verve, welche diesem Beruf sonst nicht anhaftet, hatte er die Saiten in Ordnung gebracht. Und nun wurde auf zwei Klavieren musiziert, der Bechstein ward Hasper überlassen, und es waren glückselig überschäumende Phantasien, Jubelausbrüche und Hochzeitsmärsche, in denen sich die Künstlerfreunde austobten.

Diese beiden bejahten das Leben, stürmten in mächtig-musikalischem Anlauf seine Höhen, tauchten unter im Lebensmeere und, vergleichbar dem Dreizackschwinger Neptun und den Seinen, auf und unter im Meer der Musik.

Zwischen unserer nächtlichen Pilgerfahrt nach Weimar und diesem Ereignis lagen nur etwa drei Monate. Aber ich war ein anderer geworden. Ich hatte Neapel, hatte Capri, hatte Pompeji und Herkulanum kennengelernt, hatte unter Blitz und Donner nachts den Vesuv erstiegen, das alles aber nach einer Seereise um den größten Teil von Europa herum. Dann war ich in Rom, wo mich der erste Abhub aus den Schatzkammern dieser ewigen Stadt berauscht, ja betäubt hatte. Ich hatte einen Begriff bekommen von der ungeheuren Macht, welche Kunst und Künste noch vor kurzem in sich vereinigt hatte. Dieser fast ausschließliche Umgang mit Kunst und Künstlern in Kirchen, Palästen und Villen ließ mich diesseits der Alpen eine große Leere empfinden, derart, daß ich mit allen Sinnen in die Fülle zurückstrebte, zurück in ein Element, das ich als lebensnotwendig, als lebengebend und lebenerhaltend für den Künstler und Kunstschüler erkannt hatte. Der Beschluß stand fest, Gabriele war damit einverstanden: im Oktober ging es nach Rom zurück.

Man wird nicht erwarten, ich hätte mit meinen zwanzig Jahren kunstkritische Ambitionen gehabt, obwohl ich einige kunsthistorische Werke mitschleppte. Ich hatte von der Antike genippt, war in Staunen verfallen vor dem Moses und vor der Pietà des Michelangelo, hatte die Sixtina und die Stanzen des Raffael auf mich wirken lassen und eine fast übergroße Fülle anderer Kunstwerke und trug die Musik von allem in mir. Auch diese also wurde angehört, an jenem himmlischen Pfingstfeiertag, und indem sie sich mit der anderen vermählte, konnte von einer wahren Festlichkeit dieser Stunden wohl die Rede sein.

Der Besuch der Busenfreunde wiederholte sich. Gabriele und ihre Schwester hatten aufs herzlichste eingeladen. Als etwa nach dem dritten Zusammensein meine Liebste am Gartenbrunnen, der sich klar und kalt aus einem Löwenmaul ergoß, mir den üblichen Trank aus Weißwein und Wasser mischte, machte sie eine Andeutung, als ob bei Teresa irgend etwas nicht ganz im Lot wäre. Ich fragte, wieso. Kühnelle habe ihr, wie es scheine, einen gewissen Eindruck gemacht. Ich war überrascht. Auch mir waren eine Hinneigung Teresas, verstohlene Blicke, ein Erbleichen oder Erröten hie und da nicht entgangen. Aber nicht auf Kühnelle, sondern auf Hasper deutete ich diese kleinen Sturmzeichen. Es war auch Hasper, so schien es mir wenigstens, der Teresa temperamentvoll auszeichnete.

Um still zu arbeiten, zog ich mich damals in ein kleines, an der Elbe gelegenes Dörfchen zurück, wo mich die Freunde aufsuchten. Zwar war ich verlobt, aber der Postagent hatte drei hübsche Töchter, und mit diesen drei hübschen Töchtern brachten drei hoffnungsvolle junge Männer den Abend zu. Der Postagent war Besitzer einer Stahlquelle. Er hatte ein Kurhaus darum und darüber gebaut, das den braven und guten Sachsen, da wir die einzigen Gäste waren, unter erheblichen Lasten seufzen machte. Badedirektor, Hotelwirt, Oberkellner, Kellner und Postagent in einer Person, war er sehr empfänglich dafür, sich mit seinem eigenen schlechten Rotwein trösten und seine Sorgen verjagen zu lassen.

Wir aßen und tranken an einem Tisch mitten in der Postagentur, von allerlei Waren, Postsäcken, gefüllten und leeren Regalen umgeben, und da wir mit den hübschen und verliebten Kindern allein sein wollten, hatten wir sehr schnell den beklagenswerten Papa

80

von oberhalb nach unterhalb des Tisches gebracht: dies nur bildlich gesprochen natürlich! Starke Arme retteten ihn und leiteten ihn, über ein knarrendes Treppchen hinauf, glücklich und unversehrt zu Bette.

Es wurde nun viel gelacht und geküßt – und als wir von diesen Scherzen genug hatten, sah bereits die Helle des Morgens zum Fenster herein. Ich beschloß, mich den Freunden anzuschließen, die lieber gleich aufbrechen und einen geplanten Fußmarsch nach Meißen antreten wollten, als schlafen zu gehen.

O welche köstliche Wanderung!

Jung muß man sein, will man solche Stunden genießen. Jung geblieben muß man sein, um sich im Alter an den Erinnerungsbildern erfrischen zu können.

Wir wandern zur Linken des breiten, bernsteinfarbigen Stromes, der mit uns zieht. Morgennebel umflattern ihn. Mitunter sind Strom und Landschaft im Nebel verschwunden: allmählich saugt ihn die Sonne auf. Aber so oder so: wir sind glückselig. Wir schwelgen in einem wonnigen Lebens- und Freiheitsgefühl. Mit Jugend füllen wir unsere Lungen. Wir staunen immer wieder darüber, welch eine Lust das bloße Atmen ist. Wir sprechen laut, wir lachen laut, wir fühlen uns wohl bis ins Mark der Knochen. Kühnelle springt, er tanzt vor Freude wie Sokrates. Er schmettert, er trompetet Stellen aus Wagnerschen Opern in die Luft. Die Lerchen der weiten Flußebene übertönen ihn. Wir kommen durch Haine, durch Buchenbestände. Die Drosseln geben ihre zwecklosen Laute im Auffliegen. Schwalben sausen uns gleichsam an der Nase vorbei, allerdings auch Nebelkrähen und Raben nehmen Interesse an den rauschenden Stromufern. Um das Fährhaus herum lärmen Sperlinge. Überall, in der Luft, auf der Erde, erwacht Tätigkeit. Wir rufen: »Holüber! Holüber! Holüber!« und werden über die Elbe gesetzt. Aber was uns betrifft, wir denken durchaus nicht an Tätigkeit. Wir sind da, uns am Wandern zu freuen, an der Welt zu freuen, an der Freude zu freuen. Wir sind da, uns aneinander und an der Freundschaft zu freuen, an den Ideen, die uns vorschweben und die uns gemeinsam sind.

Ich weiß nicht, ob der Sinn für Freundschaft heute noch wie damals unter jungen Menschen lebendig ist. Ich meine die reine, platonische Freundschaft, nicht jene heut unter Weibern und Männern allgemein verbreitete. Das Sein in der Freundschaft, das geistige Werden und Wachsen darin, ist das größte Gnadengeschenk, das jungen Leuten zuteil werden kann.

Was wollten nun meine Freunde in Meißen? War etwa ihre manchmal an Tollheit grenzende Heiterkeit auf dem Wege dorthin durch das bedingt, was sie zu finden hofften? Damals tat ich mir diese Frage und kann sie heut mit ja beantworten.

Ich hatte kaum mein erstes Entzücken über die altertümliche, von der Albrechtsburg gekrönte Stadt hinter mir, als wir bereits an dem Pförtchen eines der noch immer aus lustigen Augen zwinkernden, überlebten Fachwerkhäuschen Einlaß begehrten, die, Giebel an Giebel, an- und übereinander geschachtelt, ein steiles Gäßchen den Burgberg hinan bildeten. Gott sei Dank haben fünfundsechzig Jahre Gewalttätigkeit, Jahre einer zyklopischen Raserei im Niederreißen und Aufbauen, solche Denkmäler einer guten alten Zeit auch bis heut noch nicht auszurotten vermocht. In allen Ländern des Deutschen Reiches und Deutsch-Österreichs sind diese kleinen Wohnbehältnisse noch zu finden: Nord, Süd, Ost und West weisen sie auf. Und wo man auch immer auf sie trifft, wird es einem zumut, als stünde man, unerkannt und verstoßen, nach einem in kalter Fremde verbrachten Leben, vor dem eigenen, ausgestorbenen Vaterhaus.

Unzählige Male und immer wieder hat mein Auge mit Rührung, mit seltsamer Sehnsucht, mit Kopfschütteln auf solchen traulichen Zwergenhäuschen geruht. Wo ich sie treffe, werde ich von ihnen gleichsam wie von innig geliebten alten Verwandten begrüßt, angezogen und festgehalten. Will mir jemand nachreisen und nachschleichen, so kann er mich zu allen Jahreszeiten, besonders bei Mondschein, nach diesen seelensinnigen, trotz ihres gebrechlichen Methusalem-Alters so munter und lustig blickenden Wohnstätten suchen und vor ihnen verweilen sehen.

Eines schönen Tages freilich, wenn sich die Welt

der Kanonenrohre, der Großflugzeuge, Zeppeline und Wolkenkratzer im bisherigen Tempo weiterentwickelt, werden alle diese närrischen Liliputhäuschen nur noch im Abbild, etwa bei Spitzweg, zu finden sein, dann werden sie nur im Volkslied leben, solange es noch lebendig ist, in Jean Pauls und anderen Dichtungen, solange sie jemand lesen wird, am längsten vielleicht in Schuberts Musik, bis auch davon der letzte Ton verklungen ist. Denn selbst das Himmelswunder der »Unvollendeten« ist hinter den freundlich blitzenden Äuglein solcher Knusperhäuschen entstanden, aus ihren winzigen Stübchen hervorgegangen.

Nicht Kühnelle, sondern Alfred Hasper, der Komponist, war es, der die Klingel des Pförtchens gezogen hatte. Kaum ist es geschehen, so beugt sich auch schon das Volkslied in Gestalt eines Rotkäppchens mit zwei langen blonden Zöpfen zum Fenster heraus.

»Marlenchen, ist der Vater zu Hause?«

Ich sah nur, wie Marlenchen blutrot wurde, ehe sie wieder verschwunden war, und dachte bei mir, daß sich der Volksliederschatz durch ein einziges solches Liebchen um Bände bereichern könnte.

Aber schon stand sie vor uns, aufrecht in der geöffneten Tür: ich dachte nichts mehr und mußte betrachten.

Marlenchen konnte nicht viel über sechzehn sein. Obgleich sie Alfred Hasper stumm die Hand entgegenstreckte, uns mit zwei sonderbar veilchenblauen

Augen prüfend, merkte man ihr die freudige Überraschung an. Sie war allein. Ihr Vater, Witwer und pensionierter Beamter der königlichen Porzellanmanufaktur, wurde um Schlag zwölf Uhr erwartet, die Zeit, zu der er, pünktlich wie eine richtiggehende Uhr, von seinem geliebten Morgenspaziergang zurückkehrte.

Marlenchen brauchte die beiden Musici nicht lange zum Nähertreten zu nötigen, sie schienen hier zu Hause zu sein. Ich wurde mit einem Händedruck, dessen weiche und herzliche Kraft mir auffiel, willkommen geheißen.

Das rote Käppchen, das aschblonde Haar, in Zöpfe geflochten, das schwarze Mieder und Röckchen nicht viel bis unters Knie, das blütenweiße Hemd und die bloßen Füße gaben der Kleinen weniger mit einem Gretchen als mit einem Gänseliesel von Ludwig Richter Ähnlichkeit.

Sehr schnell verlor Marlenchen ihre Zurückhaltung. Wie sollte das schließlich auch anders sein gegenüber so stürmischen Temperamenten, wie sie aus meinen Freunden hervorbrachen. Marlenchen hin! Marlenchen her! scholl es fast ununterbrochen aus zwei kräftigen Brustkästen mit einer Gewalt, von der das Beben zu kommen schien, womit aber nur die Wucht unserer Tritte das Liliputhäuschen erschütterte.

Daß Kühnelle und Hasper ein besonderes Wohlgefallen an Marlenchen hatten, sah man wohl. Aber es schien eher onkelhaft, als daß es auf Liebesneigung gedeutet hätte. Mir darüber ganz klarzuwerden vermochte ich nicht. Das Äußerste, worin die herrschende Lustigkeit einmal gipfelte, war der Augenblick, als Kühnelle, in einem Anfall von Übermut, die herrlichen starken Zöpfe wie zwei Zügel zu fassen sich nicht enthalten konnte.

Da aber sah ihn Hasper mit einem befremdeten, leicht verwarnenden Blick an, der mir nicht entging und der Kühnelle mit einem verlegenen Lachen seinen Fehler erkennen und von seinem Tun abstehen ließ.

Dies alles trug sich in der kleinen Küche zu, wo Marlenchen die letzte Hand an das Mittagessen des Vaters zu legen hatte. Nebenan war das Wohnzimmer, in dem ein Kanarienvogel mit geradezu frenetischem Geschmetter den Lärm der Freunde zu überbieten suchte. Natürlich sollten wir zu Tisch bleiben. Was wir aber dagegen auch einwandten, Marlenchen wußte uns umzustimmen. Wenn wir nicht dablieben, sagte sie, bekomme sie es mit dem Vater zu tun. Die Folge war, daß wir alle mitkochten und so die Kleine, Mädchen für alles im Hause, entlasteten. Hasper hatte die Kaffeemühle zwischen die Knie geklemmt, drehte entschlossen immer wieder den Griff herum, öffnete fortwährend in der Meinung den Deckel, daß keine ganze Kaffeebohne mehr vorhanden sei, worin er sich aber lange täuschte. Kühnelle schälte die Gott sei Dank reichlich vorhandenen, eben fertig gekochten Kartoffeln ab, die ihm, zu seiner und unser aller

Freude, trotz allen Pustens die Finger verbrannten. Es wurde ein Heringssalat gemacht. Mich hatte man über die Gasse geschickt, um ein halbes Pfund Hackfleisch zu besorgen, da man die vorhandenen drei kleinen Brisoletts nicht für ausreichend hielt.

Ich wurde in der ganzen Zeit, so gestehe ich, fast ausschließlich vom Anblick Marlenchens hingenommen. Ich war nicht Student, war niemals in Rom, war nicht verlobt, sondern in ein kleines, enges, magisch umschließendes Glück versenkt, das in seiner innigen Wärme eigentlich alles Streben und Suchen im Weiten sinnlos, ja töricht erscheinen ließ. Du und ich, mußte ich denken, ich und du: aber selbst mein Name schien mir zu pompös, wenn ich ihn mit Marlenchen zusammendachte. Würde man hier, in diesem engen Behältnis, zu zweien sein Leben verbringen, könnte von einer Beengung trotzdem nicht die Rede sein. Mir war, als hätten alle guten Geister des Himmels und der Erde freien Zugang hierher, als könnte man, gerade von hier aus, Verbindung mit allen Zauberern des Himalaja und der Pyrenäenschlösser aufnehmen, gerade von hier aus bis zum Zentrum der Erde hinabdringen: so tief, so rätselhaft schien mir dieses windschiefe Fachwerkbüdchen unterkellert zu sein. Und schließlich, gerade von hier aus könnte man herrliche faustische Mantelflüge ausführen.

Warest du nicht, mein holdes Marlenchen, am Ende selbst eine zauberkundige Verwandlungskünstlerin? Deine Augensterne hatten mir anfänglich blau geschienen. Hier in der Küche und, wenn du den Pumpenschwengel bewegtest, vom Gärtchen aus hatten sie etwas meergrün Schillerndes. Warest du nicht demnach am Ende gar eine Nixenfrau, die sich nach Belieben als Frau Venus, als Salome oder als die griechische Helena offenbaren konnte? Wäre es nicht ein leichtes für dich, dieses Häuschen in den ganzen Hörselberg mit allen seinen Wonnen, Listen und Verführungen umzuwandeln und solchermaßen den Tannhäuser selbst, den Träger der ewigen goldenen deutschen Harfe, für immer in deinem kindlichen Schoße, an deinem kindlichen Busen festzuhalten?

Marlenchens Vater wurde Herr Rat genannt. Als Rat Wuttich erschien, stellte sich natürlich ein etwas gesetztes Wesen ein. Nachdem aber erst die Formalitäten der Begrüßung vorüber waren, schien die Stimmung, was sie an Lärmigkeit verloren, an Herzlichkeit gewonnen zu haben. Der Rat war erfreut. Bald saßen wir, fünf Personen, um ein rundes, wohlbestelltes Tischchen herum, das der holde dienende Geist Marlenchens uns gedeckt hatte und mit lautlosem Hin- und Widergehen weiter betreute. Der Rat hatte einige Flaschen lange gehüteten spanischen Weins, von denen er eine, nicht ohne Feierlichkeit, aus dem Keller heraufholte. Es war eine wichtige, in ihren einzelnen Phasen wohlüberlegte Zeremonie, wie die Flasche von ihm gereinigt, das Stanniol ent-

fernt, der Pfropfenzieher in die Rinde des Kork-
baums hineingedreht und schließlich der Pfropfen
gehoben wurde, treffender gesagt: der dunkelfeurige
Schatz, der unter dem Pfropfen war.

Rat Wuttich war über die Sechzig hinaus. Er hatte
nach zwanzigjähriger Witwerschaft zum zweiten
Male geheiratet, nachdem seine erste Frau mitsamt
seinem ersten Kinde im Kindbett gestorben war. Er
verlor aber auch seine zweite Frau, allerdings erst
nach einer Ehe von einem Jahrzehnt, als die einzige
Tochter dieser Ehe, Marlenchen, bereits ihr neuntes
Jahr erreicht hatte. Rat Wuttich hatte auf allerlei
Weise Trost gesucht. Das erzwungene Sonderlings-
wesen der ersten Witwerzeit hatte ihn auf die Orni-
thologie gelenkt. Er besaß auf diesem Gebiete gute
Kenntnisse. Sein Häuschen war vom Gezwitscher
vieler Vogelarten, die er in Käfigen hegte, erfüllt, die
jedoch weichen mußten, als die kleine Bühne des
Hauses von der neuen Gattin und den Erfordernis-
sen der Kinderpflege eingenommen wurde. Nun war
Rat Wuttich Blumenfreund. Auf einem kleinen
Fleckchen Ackers vor der Stadt zog er die seltensten
Arten. Auch das Vorgärtchen neben dem Hausein-
gang zeugte davon. Kein Tag im Sommer verging,
ohne daß er seinem geliebten Kinde Marlenchen
einen schönen Strauß heimbrachte. Er lebte ja nur
noch ihr allein, sonst hätte das Leben ihm nichts
mehr geboten.

Um aber nicht zu wünschen, daß Marlenchen

nach seinem Tode einen ehrenwerten Menschen und Mann zum Schutze hätte, war er nicht eigensüchtig genug. Und so mochte er wohl in den beiden Freunden, die für ihn und Marlenchen die gleiche Freundschaft an den Tag legten, im Grunde Marlenchens Bewerber erblicken. Sein Sinn neigte mehr zu Hasper hin, obgleich er sich von den Sonderbarkeiten nicht beirren ließ, die wohl auch ihm Kühnelle zuweilen gezeigt hatte.

Es fällt mir ein, daß Rat Wuttich gewisse mystische, insonderheit spiritistische Neigungen hatte. Kühnelle deutete mir das an. Nie spreche der alte Herr, selbst nicht zu seiner Tochter, davon. Diese aber erfuhr und erriet es auf Umwegen. Sie glaubte, er habe im Geiste zwanzig Jahre hindurch mit seiner verstorbenen Frau in Kontakt gestanden. Und lange nachdem ihre eigene Mutter gestorben sei, habe er, von einem Spaziergang zurückkehrend, zu ihr die seltsamen Worte »Muter läßt dich grüßen!« gesprochen.

Wenn ich mich an den Rat erinnere, so frage ich mich, wie sich ein so harmonischer Gemütszustand wie der seine herausbilden konnte. Wir versuchen es heute, ihn durch Philosophie, durch Studium von Seneca oder Marc Aurel, durch Vertiefung in die Bhagavadgita, in die Veden, in die Reden des Buddha zu erreichen. Immer vergebens. Bei dem Rat, so möchte ich antworten, wuchs diese fast stabile Harmonie aus der Beschränkung des Beamtentums, aus der Beschränkung auf ein und dasselbe kleine Häuschen und Hauswesen, aus einer regelmäßigen, durchaus nicht bigotten evangelischen Kirchlichkeit, aus der reichen stillen Innerlichkeit eines in sich beruhenden Geistes, dem es nicht schwerfällt, auf alles, was er, ohne es kennengelernt zu haben, dennoch auf wunderbare Weise genugsam kennt, ohne Schmerz zu verzichten. Vereinsamt, nimmt er den Schlüssel und schließt, indem er seine eigene Haustür nach außen öffnet, sich die beflügelte Welt der Vögel auf! Wieder vereinsamt, die der Blumen! Die der Geister zu guter Letzt, an der er nicht zweifelt, da er eben ein Mann der Pflicht und des unabirrbaren Glaubens ist. Es hat sich ein Geistesgewand um ihn gebildet, das ihm paßt, und da sein Wachstum vollendet ist, denkt er nicht daran, es zu erweitern.

Kühnelle, wie ich nun bald erfuhr, sah ein mit Ehrfurcht bewundertes Vorbild in ihm, was auch bei allem, was ich von ihm wußte, erst recht bei dem, was ich heute von ihm weiß, mir innigst begreiflich ist.

Nach Tische begann das Spinett zu tönen. Es stand von Vätersvätern her, mit dem Häuschen selber dem Rat vererbt, in dem gleichen Wohnstübchen, dessen sonstiger Hausrat, besonders der Inhalt eines Glasschränkchens, genauestes Studium wohl gelohnt hätte. Dieses aber enthielt unter anderem einen Schatz alten figürlichen meißnischen Porzellans neben einer Unmenge kleiner Sammlerobjekte, Miniaturbildchen, Dosen, Kettchen aus Bernstein und

Granaten, Degenquasten aus Glasperlen: alles Dinge, an die irgendeine Familienerinnerung gebunden war. Kleine, von ovalen Goldrähmchen umschlossene Familienporträts, in Pastellfarben sauber gemalt, fanden kaum hinreichend Platz an der Wand. Einem Altertumsmarder wären die Augen aus dem Kopf getreten, das Wasser im Munde zusammengelaufen. Generationen von Verwandten schienen ihr Anrecht an dieser lieben Wohnstätte neben den Lebenden festzuhalten. Von der braunen Kommode tickte die Pendule. Ihr goldener Pendel, zwischen alabasternen Säulen, vor drei Spiegelwänden, schwang über sich, von ihnen gespiegelt, Phaethon auf dem angemaßten Sonnenwagen hin und her, der Raserei seiner feurigen Rosse ausgeliefert. In einer Schale davor prangten Feldblumen, von Marlenchens schlichtem Geschmack geordnet, die Stiele in nassen Sand gesteckt.

Wenn ich heute über dieses Hauswesen nachdenke, so steigen mir allerlei Zweifel auf, ob man eigentlich recht habe mit der üblichen Geringschätzung des sogenannten Philisteriums. Hier war es ja wohl, dieses Philisterium. Wie wohl aber wurde einem darin! Ich fühle deutlich, daß wir drei Eindringlinge, wir Kinder einer anderen Zeit, durch diese Umgebung zur gleichen Ehrfurcht bewegt, zum gleichen Glück beseelt waren.

Es war kein geringer Augenblick – wir genossen den Kaffee, Rat Wuttich hatte seine lange Pfeife in

Brand gesetzt, wir drei Besucher gehörten seltsamerweise unter die Nichtraucher –, es war also kein geringer Augenblick, als Hasper, nachdem er ein Weilchen auf dem Spinett präludiert hatte, Marlenchen fast mit der Miene eines Lehrers heranwinkte und, mit der Bemerkung, sie singe sehr hübsch, erklärte, sie werde ein einfaches Volkslied vortragen. Ich hatte ja längst, ihren häuslichen Wandel mit Andacht verfolgend, Volkslied um Volkslied in meinem Innern erklingen hören. Nun stieg es aus ihrer Seele auf.

Mit Stimmen geht es mir sonderbar: oft sprechen die herrlichsten mich nicht an, während die Stimme eines einfachen Schullehrers etwa mich derart erschüttert, daß ich nur, indem ich die Zähne fest zusammenbeiße, meiner Erschütterung Herr werden kann. So ging es mir, als Marlenchen sang, und ich nahm meine Zuflucht immer wieder zu dem bekannten Mittel, lieber einen Schnupfen zu heucheln und sich zu schneuzen als sich zu verraten, indem man das Taschentuch an die Augen führt.

»Am Brunnen vor dem Tore, da steht ein Lindenbaum« – »Ach, wie ist's möglich dann, daß ich dich lassen kann« – »Es zogen drei Burschen wohl über den Rhein« – »Kein schönrer Tod ist in der Welt, als wer vorm Feind erschlagen« – schließlich sang Marlenchen das Lied: »Muß i denn, muß i denn zum Städtele hinaus . . .«

Das mußten nun auch die drei Burschen, Kühnelle, Hasper und meine Wenigkeit, nach etwa einer

Stunde tun, nämlich durchs Tor des Städtchens davonziehen. Und als sie dann zwar nicht über den Rhein, doch wiederum über die Elbe fuhren, da schwärmten sie noch von den köstlichen Stunden, die sie in dem verwunschenen Knusperhäuschen erlebt hatten. »Ach, wie ist's möglich dann, daß ich dich lassen kann . . .«

Kühnelle blieb einstweilen bei mir in dem kleinen, noch ungeborenen Badeort, während Hasper durch Pflichtarbeiten nach Dresden gerufen wurde. Einige Tage darauf setzten wir uns eines Morgens wiederum in Gang, um die Herrinnen auf Buchenhorst zu besuchen, von denen die eine, wie man weiß, meine Verlobte war.

Besaß ich nun in Kühnelle einen wirklichen Freund? Manches konnte mich stutzig machen. Wir kamen gut miteinander aus, aber außer in gewissen Fragen der Kunst hatten unsere Ansichten wenig Übereinstimmung. Wenn ich, wie ich heut, beinah ein halbes Jahrhundert später, glauben muß, damals ein Schwärmer in Worten war, so gab es nichts in seiner Natur, was dieser jugendlichen Eigenschaft entgegengekommen wäre. Riß mich irgendein Enthusiasmus hin, so bewirkte das meistens bei ihm nur eine größere Schweigsamkeit.

Ein anderer Zug seines Wesens war noch seltsamer: lobte ich seines Busenfreundes Hasper frische und kerngesunde Art, so schien er geradezu wie gepeinigt. Der schöne Mensch zog dann mit einem hörbaren Zischen heftig den Atem ein, wie wenn er etwas, Tatsachen, Urteile oder dergleichen, zu seinem Leidwesen verschweigen müßte. Das lief in ein Achselzucken aus, in ein Durcheinander von angefangenen Sätzen und endete mit einem Versinken in Abseitigkeit.

Fast ebenso ging es zu, sooft ich mich über die meißnischen Eindrücke äußerte: Achselzucken, unklares Ja und Nein, ein bulstriges Stottern, woraus ich, wenn ich wollte, das Unnütze oder Unangebrachte oder unbewiesen Fragliche meiner Betrachtung solcher Dinge herauslesen konnte.

Ich fragte ihn geradezu, ob sich da nicht zwischen Hasper und Marlenchen etwas anbahne. Es kam unter gleichen Fisematenten etwa die folgende Antwort heraus: »Nun, Gott ja . . . um des Himmels willen . . . ein Mensch wie Hasper . . . das sind ja wirklich Dinge . . . das muß er mit seinem Gewissen ausmachen . . .« Und gleichsam mit einem Schlußkrampf seines ganzen Wesens, wobei seine Finger krachten, die er ineinandergeschoben hatte, lehnte er, mit der Bewegung eines Pferdes, das sich schüttelt, die Frage in Bausch und Bogen ab.

Ich hatte geglaubt, in Hasper Kühnelles herzlich geliebten Freund zu sehen. Die Art, wie er jedesmal von ihm ablenkte, wenn die Rede auf ihn kam, stimmte damit nicht überein. Ebensowenig konnte ich mir erklären, wie ein Tag, den er im Zustand des köstlichsten Übermutes mit heiter erschlossenem

Herzen genossen hatte, für ihn zu einer kaum erwähnenswerten Sache herabsinken konnte. Auch der gute Rat Wuttich und das Marlenchen, schien es, lohnten einer Erwähnung nicht mehr, obwohl ich doch glaubte gesehen zu haben, wie Kühnelle das hübsche Bürgerkind, besonders während des Vortrags der kleinen Volksliedchen, mit den Augen verschlang. »O Gott, ja . . . es ist ja nichts . . . ist ja nur Spielerei . . .«, stotterte er heftig durcheinander, wenn ich des tiefen Eindrucks gedachte, den mir dieses Erlebnis gemacht hatte.

Wenn es nun aber so war, daß dieser schwer durchschaubare Mensch in jedem gewünschten Augenblick sein Herz verschließen, sein Gemüt ausschalten, seine Liebe und Neigung in Gleichgültigkeit verwandeln konnte, wenn mit einer sogenannten Anhänglichkeit bei ihm nicht zu rechnen war, so hatte ich einer solchen Veranlagung damals schon einen gewissen eingeborenen Stoizismus entgegenzusetzen. Ich liebte Kühnelle, so wie er war, und da ich im Sinne irgendeiner freundschaftlichen Leistung nichts von ihm wollte, hätte ich, selbst wenn er mich mit abschätzigen Urteilen hinter dem Rücken bedacht oder mich geradezu abgelehnt oder offenkundig gemieden hätte, dieses als den Ausdruck eines im Grunde edlen, labyrinthisch verzweigten, leidenschaftlich leidenden Seelenlebens betrachtet.

Wir waren zum Mittagessen in Buchenhorst. Nachdem der alte Onkel als fünfter im Bunde, wie seines Amtes, die Tafel aufgehoben hatte, verzog sich Teresa mit Dietrich, es hieß, auf die sogenannte Ruine in den Park hinauf.

Meine Liebste berichtete mir einiges von der häuslichen Vox populi, die sich in förmlich verzückter Weise über Kühnelle geäußert hatte. Die Herzen des Personals, und zwar des männlichen wie des weiblichen, flogen ihm zu. Sein Erscheinen sei jedesmal geradezu aufregend.

Keineswegs war es zum erstenmal, daß Teresa mit meinem Freunde allein längere Zeit im Park lustwandelte. Von einer bezaubernden Anmut der Wohlerzogenheit und von zartester, ja holdester Mädchenhaftigkeit, hatte sie doch in wichtigen Augenblicken ihres Lebens stets einen festen Willen gezeigt. Darüber von Gabriele belehrt, war es mir nicht schwer zu bemerken, wie Teresa solche Wanderungen zu zweien nicht durch meinen Freund bewogen unternahm, sondern selbst anregte. Jetzt aber mußte ich überdies von Gabriele Dinge über die Seelenverfassung Teresas erfahren, die, wenigstens was sie selbst betraf, Befürchtung, Hoffnung, Beobachtung, kurz, jede Art von Vermutung überflüssig machten.

Unter dem bekannten Siegel der Verschwiegenheit erzählte mir meine Braut: »Teresa ist seit dem letzten Besuch Kühnelles völlig umgewandelt. Sie liebt ihn, rundheraus gesagt. Das könnte ja an sich eher etwas Erfreuliches sein. Kühnelle ist ein prächtiger Mensch, schließlich aus altem sächsischen Bürgerhause und zu guter Letzt nicht einmal arm. Aber da ist zunächst die Frage: ob er sie wiederliebt. Wenn er sie nun nicht wiederliebt, so muß ich für meine Schwester fürchten.«

»Was aber, wenn er sie wiederliebt?«

Sie gab mir die Hand und ließ mich schwören, nie und zu niemand auch nur einen Hauch von dem verlauten zu lassen, was sie mir nun vertrauen werde. Ich gab ihr die gewünschte Versicherung.

»Teresa«, so sagte sie ungefähr, »ist vielleicht, wie ich es mir zusammenreime, Kühnelle gegenüber in der Enthüllung ihrer Neigung etwas weit gegangen, ganz ausschließlich mit Worten natürlich. Ich weiß es von ihr selber, daß irgendeine sonstige Annäherung nicht stattgefunden hat. Kühnelle hat ihr darauf ein Bild seiner selbst und einer sicher vorauszusehenden Zukunft im Fall einer Ehe mit ihm gemalt, das sie aufs tiefste erschüttert hat. In seiner Gegenwart draußen im Garten ist sie während seiner Eröffnungen vollkommen außer Fassung geraten und in Weinen und Schluchzen ausgebrochen, worauf wieder Kühnelle furchtbar erschrocken ist und gesagt hat, gerade daran könne sie sehen, wie alles, was er beginne, eben zum Schlimmen ausschlagen müsse. Jetzt läuft sie umher und macht sich Vorwürfe, nicht mehr Herrin ihrer selbst gewesen zu sein, denn so schwächlich und weinerlich dürfte gerade die künftige Lebensgefährtin eines Kühnelle am allerwenigsten sich betragen.«

Ich fragte, was sie denn so erschüttert habe.

»Die Art, wie Kühnelle gegen sich selbst gewütet hat. Wenn sie ihn nur zum kleinen Teil kennen würde, hat er gesagt, sie müßte sich auf der Stelle mit Abscheu wegwenden. Es sei, sozusagen, kein guter Faden an ihm. Es ändere gar nichts an der Sache, nämlich an der schrecklichen Zerstörung und Verwüstung seiner Person, wenn er die Hauptschuld daran nicht selber trage. Eine Jugend habe er nicht gehabt. Wie sollte er sie auch haben in einem vom erbarmungslosesten Kriege aller gegen alle durchtobten Elternhaus?! Zwei Todfeinde gleichsam hätten ihn gezeugt und ihm, seinem Innern, seiner Seele die ganze furchtbare Erbschaft ihres ewigen Krieges, ihrer gegenseitigen Zerfleischungswut eingepflanzt. Nicht nur dem Vater, sondern sogar der Mutter habe er hundert- und hundertmal ins Gesicht geschrien: Ich verfluche mein Leben und die noch mehr, die es mir aufnötigten! Dabei mußte er, wie er sagte, alle Augenblicke, nach Art eines Tierbändigers, Friedensstifter sein: zwischen den Eltern, zwischen den Geschwistern, zwischen Vater und Tochter, Mutter und Sohn, zwischen Vater und Sohn und Mutter und Tochter, worauf sie dann alle oft über ihn herfielen, und so fort und so fort.

Er werde nie und nimmer ein so verruchtes und verderbtes Geschlecht weiter fortpflanzen. Er habe an dem Fluche des bisherigen Lebens genug. Er möchte nicht noch die berechtigten Flüche von Kindern auf sich laden. So tief gesunken sei er denn doch noch nicht. Am allerwenigsten möge sie, Teresa, ihm zutrauen, daß er den Inbegriff von Unschuld und Reinheit durch sein verderbtes Blut in Schmutz, Galle, Gram und Verzweiflung hinabziehen werde.«

Bis zu einem solchen Grade hatte sich Kühnelle mir gegenüber noch nicht aufgeschlossen, wenn man hier überhaupt von Aufschluß reden kann. Es konnte hier ebensogut jene leichte Verrücktheit, jenes überspannte Wesen im Spiele sein, das man bei musikalischen Genies, insonderheit Virtuosen nicht selten findet. Eine bequeme Natur war Kühnelle jedenfalls nicht, und meine verwandtschaftliche Liebe zur Schwester meiner Braut brachte es mit sich, daß sich die Sorgen Gabrielens mit womöglich noch größerer Schwere auf mich legten. Schließlich war Kühnelle schon durch die dämonische Erbschaft seiner Kunst und den verhaltenen Ehrgeiz, der in ihm brannte, sowie durch sein Sonderlingstum ungeeignet zum Ehemann. Beruhten wirklich neun Zehntel seiner Bekenntnisse auf Einbildung, das eine übriggebliebene Zehntel Wirklichkeit war hinreichend, um ein Mädchen von der Art Teresas unglücklich zu machen.

Die Eröffnungen Gabrielens brachten leider in mein Verhältnis zu Kühnelle eine Veränderung. Ich liebte ihn, ja ich verehrte ihn. Die ganze Wildheit seiner Natur, deren er im allgemeinen durch ein in hohem Grade wohlerzogenes Wesen Herr wurde, die aber immer und überall sich in kleinen Zügen be-

100

merklich machte, hatte für mich etwas äußerst Reiz-volles. Der ganze ungewöhnliche Mensch zog mich an. Und nun ward ich in eine Lage gebracht, wo ich heimlich gegen ihn wirken mußte. Zwar hätte ich es nicht ändern können, wären Teresa und er ein Paar geworden, aber ich würde für jeden von beiden mir werten Menschen das gleiche Unglück darin erblickt haben.

Nun hatte ja freilich Kühnelle selbst mir des öfte-ren mit der wegwerfenden und entschlossenen Kürze, die ihm eigen war, die Rede abgeschnitten, wenn ich ihm vom Heiraten sprach. Er hatte das jetzt bei einer wirklich auftauchenden Möglichkeit dieser Art noch weiter getrieben und sich jenes furchtbare Leumundszeugnis ausgestellt, das Teresas Gemüt so tief erschütterte. Solche leidenschaftlichen Vorfälle haben aber, wie ich schon damals wußte, nicht im-mer und überall den Sinn, den sie an der Stirn tragen. Und wenn es so wäre, sind sie trotzdem ihrer Wir-kung durchaus nicht gewiß. Teresas Neigung war durch die eruptiven Bekenntnisse meines Freundes leider durchaus nicht zurückgestoßen oder gar aus-gelöscht. Sie hat, erzählte mir Gabriele, in der Folge schlimme Tage und Nächte zugebracht. Jetzt erst war das schwelende Feuer ihrer Neigung zur offenen Flamme geworden. Zur Bewunderung hatte sich Mitleid gesellt: eine Mischung, in der sich die Macht des Eros am stärksten manifestiert.

»Und du weißt ja«, sagte mir Gabriele, »daß Te-

101

resa in Neudietendorf erzogen ist. Zwar, von dieser herrnhutisch-zinzendorfischen Frömmigkeit schien nichts, aber auch gar nichts in ihr zurückgeblieben. Jetzt kommt es mir vor, als ob etwas von diesem Geiste doch noch in ihr sei: sie fühlt sich berufen, Kühnelle zu retten oder wenigstens sein guter Engel zu sein. Ihre Rede ist: sie wolle gar nicht in einem platten und banalen Sinne glücklich sein, sie sei völlig bereit, wenn es notwendig wäre, sich aufzuopfern. Die Liebe müsse alles ertragen, hoffen und dulden, behauptet sie mit diesem Zitat aus der Bibelstunde.«

Nachdem Gabriele und ich bis gegen die Vesperzeit immer wieder erwogen hatten, wie wir unser Verhalten in dieser Sache einrichten könnten, traten Teresa und Kühnelle, von ihrem Gange zurückgekehrt, unvermutet bei uns ein. Es war in dem pupurroten Musiksalon mit den schweren Damastvorhängen an den Fenstern. Kühnelle begrüßte uns durch ein Kopfnicken, Teresa blickte uns nur mit starrer, versonnener Miene an, indem sie, zu einer Tür hereingetreten, sogleich durch die andere wieder verschwand. Diese führte zu den Schlafzimmern.

Kühnelle setzte sich ans Klavier.

Unvergeßlich ist mir die Bewegung geworden, mit der er es in leidenschaftlichen Augenblicken zu tun pflegte. Indem er sich duckte, sich gleichsam klein machte und seine Sohlen, mit gebeugten Knien schleichend, vorwärtsschob, schien er wie ein Tier seine Beute ins Auge zu fassen. Im letzten Augen-

102

blicke wippte er auf, fast im gleichen saß er schon auf dem Klavierschemel, und immer noch in ebendemselben fingen schon die Läufe zu rollen, die Bässe zu donnern an. So war es auch jetzt – und wir schwammen in einem Sturm von Tönen. Mir kam es vor, als wenn eine Herde verdursteter Büffel, nach einer langen Wanderung durch die Gluten von wasserlosen Wüsten, sich in einen rettenden Strom gestürzt hätte.

Den Winter, etwa vom Oktober des Jahres 1883 bis zum April 1884, brachte ich in Italien zu. In einem feuchten Studio der Via degli Incurabili zu Rom versuchte ich mich und zerquälte mich mit Bildhauerei. Meine Braut war zunächst in Deutschland geblieben. Neue Menschen traten in meinen Gesichtskreis ein: viele, die nur dazu berufen schienen, einen Beweis dafür zu erbringen, mit wie kleiner ärmlicher und nichtsnutziger Gesinnung man den Begriff Künstlertum verbinden kann, andere – hierbei ist wenig viel –, deren reiner Ernst und menschliche Wärme die üblen Erfahrungen wiederum wettmachte.

Im übrigen waren damals diese Eichendorffschen Verse auf mich und meinen Zustand anwendbar:

Noch wußt' ich nicht, wohin und was ich meine,
doch Morgenrot sah ich unendlich quellen,
das Herz voll Freiheit, Kraft der Treue, Tugend . . .

Im Januar erschienen meine Braut und meine zukünftige Schwägerin. Meine bisher schon gewonnene Kenntnis von Rom, seinen großen Bauten und übrigen Kunstwerken konnte ich den beiden schönen Schwestern nun dienstbar machen.

Daß Teresa in nicht allzunahen Abständen Briefe mit Kühnelle wechselte, erzählte mir meine Braut. Seit Teresa erkannt habe, Gabriele sei dem Gedanken einer Verbindung zwischen ihr und Kühnelle nicht günstig gesinnt, lehne sie jedes Gespräch über diese Frage ab und spreche auch selber nie davon. Sie wolle nunmehr diese Angelegenheit als eine eigenste, nur sie allein betreffende angesehen und geschont wissen. Ich sah die Briefe meines Freundes übrigens nie, da Teresa ihre Briefschaften persönlich von der Post abholte.

Wir verlebten eine herrliche Zeit, von der ganzen Romantik der Ewigen Stadt berauscht und umhüllt. Schließlich wurde ich leider krank, und es fehlte nicht viel, so hätten mich böse Dämonen schon im Beginn meiner eigentlichen Lebensbahn vom Tarpejischen Felsen hinabgestürzt. Der obere Rand dieser Felswand, von der man auf die Trümmer des Forum Romanum niederblickt, liegt im Garten des Deutschen Krankenhauses auf dem Kapitol, wo ich sechs Wochen zubrachte, die ersten vierzehn Tage zwischen Leben und Tod. Mehrmals hatte der Arzt Gabrielen gesagt, sie möge meine Eltern schonend auf mein mögliches Ende vorbereiten.

Mein Wille, mein Glaube dagegen gehörten dem

Leben. An eine Möglichkeit zu sterben dachte ich nicht. Als die Genesung sich langsam festigte, führten meine ersten Schritte in das köstlich wiedergeborene Sein zugleich durch die Welt des »Titan« von Jean Paul. Den »Hyperion« Hölderlins hatte ich unter dem Kopfkissen.

Mit ziemlich vermindertem Gwicht, immer noch schwach, aber doch gesund, kehrte ich Mitte Mai nach Deutschland zurück.

Einmal, in der ersten Hälfte des Winters, hatte ich Kühnelle brieflich gefragt, ob es ihn nicht reize, nach Rom zu kommen. Er hat es freundlich, aber bestimmt verneint. Damit begann und endete unser römischer Briefwechsel. Wenn mein Freund wirklich mit Teresa in Verbindung stand, so hat er sogar vermieden, mich grüßen zu lassen. Meine Typhuserkrankung brachte darin keine Änderung.

Während der ersten Monate nach meiner Heimkehr habe ich in Hamburg, dann in Dresden gewohnt. Bis Dresden hörte ich nichts von Kühnelle. Dieser Mangel an Nachrichten störte mich nicht. Erstlich war er mir überhaupt etwas ferner gerückt, und dann hatte ich mit meiner Kunst, meinen Lebensplänen und den Nachwehen meiner Krankheit genug zu tun.

Wiederum war es Pfingsten geworden, als mir Kühnelle und Hasper untergefaßt auf der Brühlschen Terrasse begegneten, wobei es mir vorkam, als läge zwischen uns kaum eine Trennungszeit. Mein künstlerisches Ringen in Rom, meine neuen Freunde und Erlebnisse, die Zeit mit Teresa und Gabriele schienen nicht mehr als ein Traum der verflossenen Nacht zu sein.

Wenn Hasper und Kühnelle zusammen auftraten, so war mir ein leises Zurückstehen Kühnelles schon früher aufgefallen. Heut nun dominierte Hasper noch deutlicher über ihn. Auf etwas dergleichen glaubte ich das ein wenig befangene, ja gekniffene Wesen Dietrichs zurückführen zu müssen. Der mit noch größerer Schulterbreite bei weniger guten Proportionen begabte Hasper hänselte ihn, ohne daß ich, nach meiner langen Abwesenheit, wissen konnte, worauf sich seine Spottlust bezog. Es war viel von Konsequenz und von Inkonsequenz die Rede. Endlich aber hörte das auf, und wir tauschten auf alte Art unsere Erlebnisse.

Gelegentlich fiel mir Rat Wuttich ein, und ich fragte natürlich auch nach Marlenchen. Als ich wiederum von dem schönen Meißner Tage und von dem reizenden Bürgerkinde zu schwärmen begann, wurde das zu meinem Befremden von beiden Freunden mit eisigem Schweigen aufgenommen. Wir kamen schnell darüber hinweg. Ich war allzusehr von Rom und allem dort Erlebten erfüllt, um mir über die Ursache dieses Verhaltens den Kopf zu zerbrechen.

Ende des Sommers fand meine Hochzeit mit Gabriele statt. Die kirchliche Trauung, für die ich mir eine Stunde vorher erst den Frack borgte, brachte mir vom Altar herab die erste, mir höchst überraschend kommende Anerkennung meiner Künstlerschaft. Dem Pastor waren einige Unterlagen für seine Traurede gegeben worden, zum Beispiel, daß ich in Rom gewesen, mich dort in der Bildhauerei versucht hatte, und mit der allergrößten Freigebigkeit hatte er einen jungen Meister aus mir gemacht, der in der Ewigen Stadt an den Brüsten der Kunst gelegen und übrigens auch neben der wirklichen, heiligen Taufe die eines Gusses aus dem kastalischen Quell empfangen habe. Zwar lachten wir später viel über diesen Panegyrikus, aber den Versuch einer unwahrscheinlichen Lüge unterlasse ich und vermeide zu sagen, er habe mir, dem bescheidenen Anfänger, nicht wohlgetan.

An dem Hochzeitsessen in einem kleinen Raum des Restaurants Brühlsche Terrasse nahmen, das Brautpaar eingerechnet, sieben Personen teil. Außer Teresa und dem alten Onkelchen, dem Anstandswauwau von Buchenhorst, mein Bruder Konrad, der von Jena als frischgebackener junger Doktor herübergekommen war, überdies Hasper und Kühnelle als Trauzeugen. Ein anspruchsvolleres Hochzeitsfest hatte ich mit aller Entschiedenheit abgelehnt.

Am Morgen darauf, als wir eben vom Bahnhof Dresden-Neustadt nach Berlin abdampften, wo unsere eingerichtete Wohnung auf uns wartete, fragte mich meine junge Frau, ob ich bemerkt hätte, wie die Sache zwischen Teresa und Kühnelle gestern ins reine gekommen sei. Da ich aber durchaus nichts bemerkt hatte, so ließ ich mir Näheres von ihr mitteilen. Zu ihrem Staunen habe Teresa in einem gewissen Augenblick, ganz wie selbstverständlich, ihren Mund auf Kühnelles ruhende Hand gedrückt, und er sei bis an die Nasenwurzel erblichen.

Aber erst im Januar wurde uns durch Teresa selbst ihre Verlobung mit Kühnelle brieflich angezeigt. Gabriele mußte wohl erst aus dem Hause sein und auch meine Person in eine gewisse Ferne entrückt, bevor eine solche Entwicklung statthaben konnte.

Man streicht die Segel vor einer Tatsache. Ich hatte Kühnelles Bruder kennengelernt, also eines von jenen Familienmitgliedern, die er mir auch als von Dämonen zerrissen und gepeitscht dargestellt hatte. Er erwies sich als ein außergewöhnlich schöner, außergewöhnlich wohlerzogener, schlicht bescheidener Mensch, der, nicht viel über zwanzig Jahre alt, bereits sein medizinisches Staatsexamen hinter sich hatte. Ich habe ihn damals öfter wiedergesehen und später in Zwischenräumen von Jahren, und nie ist mir irgendein Zug von Zerrissenheit, Bosheit oder dergleichen aufgefallen. Sind, erklärte ich Gabrielen, die übrigen Geschwister Kühnelles ebenso, dann ist sein Pessimismus nichts weiter als Einbildung, und er täuscht sich vielleicht auch über die Eltern. Täuscht er sich aber über sie, so täuscht er sich wohl zugleich über sich selber, und wir können mit dem bei einem solchen Schritt überhaupt möglichen Grade des Vertrauens in die Zukunft des neuen Paars blicken.

Da ich nun einmal in dem Bestreben, dem Ereignis seine guten Seiten abzugewinnen, nach dieser Richtung weiterzudenken begann, drängten sich mir mehr und mehr die verläßlich bürgerlichen Seiten meines Freundes auf. Er zum Beispiel borgte nie Geld. Aber er war nicht kleinlich im Ausborgen, nur verlangte er den genauen Termin der Rückgabe und kaufmännisch-korrekte Sicherheit. Die Häuser, in denen er verkehrte und in die er mich gelegentlich einführte, sprachen für ihn. Sie gehörten alle in die obere Schicht des Bürgertums. Überall war er aufs beste gelitten. Er nahm mich eines Tages zu einer Frau verwitweten Bürgermeister Kocher mit, eine sanfte, kluge, belesene Dame, deren ältester von drei Söhnen bereits vierzehn Jahre zählte. Es schien mir, sie verehre Kühnelle und liebe ihn mütterlich. In Fragen der Erziehung schien sie ganz unter seinem Einfluß zu sein. Allein mit mir, deutete sie in menschlich herzlicher Weise an, wie Kühnelle in mancher Beziehung liebevoller Sorge bedürfe, da er, wie alle genialen Menschen, den harten Anforderungen des praktischen Lebens gegenüber in hohem Grade unbeholfen sei. Nun also, so konnte ja alles gut werden, da ein lieberes Geschöpf von größerer Aufopferungsfähigkeit, Fügsamkeit und Zärtlichkeit als Teresa nicht zu denken war.

Der neue Zustand ward allmählich in unserem Geiste eine Selbstverständlichkeit und wurde gewohnheitsmäßig hingenommen. Meine Frau und ich bekamen immer mehr mit uns selbst zu tun, erstlich weil Gabriele ein Kind erwartete, dann aber, weil jener deutsche Pfleger und Rohling, der im Krankenhaus auf dem Kapitol sein Wesen trieb, recht zu behalten schien, der mir schwere Folgeerscheinungen von überstandener Krankheit voraussagte. Eines Tages bekam ich Bluthusten und geriet durch dieses Symptom, das sich öfter und öfter wiederholte, in eine Gemütsverfassung, die ich mir keineswegs zurückwünsche.

Alles war fraglich, die Zukunft unsicher, die Furcht vor einer jähen Katastrophe, etwa einem Blutsturz, ließ mich nicht los, und damit war Grundstein und alles unterminiert, was sich bisher von dem Bauplan meines Lebens etwa bereits verwirklicht hatte.

Ich hatte vor, von Kühnelle zu sprechen, sonst läge es nah, der Verlockung nachzugeben und der Leiden und Wirrnisse zu gedenken, die sich in meinem Leben und meiner Ehe erhoben und mich von allen Seiten bedrängten. Wir hatten unseren Wohnsitz aufs Land nach einem Ort in der Nähe Berlins, Fangschleuse, verlegt, wo ich reine Waldluft genießen und besser meiner Gesundheit leben konnte. Zwar der Aufenthalt tat mir gut, aber das Durcheinander von Regungen, Strebungen, Sorgen, Gefahren und Schicksalsschlägen staute auch diese Fangschleuse nicht.

Eines Tages wurden wir von der Nachricht überrascht, daß sich ein Vetter meiner Frau, schlechtweg

Hugo genannt, in der Nähe von Pichelswerder an der Havel getötet habe. Er hatte brieflich vorher von seiner Mutter Abschied genommen und ihr den Ort der Tat bekanntgemacht. An diesem Orte suchte und fand man ihn: er hatte sich durch den Mund geschossen.

Ich frage mich heut, ob sein Tod, trotzdem er sich seit Jahren mit Selbstmordgedanken trug, mit Teresas Verlobung zusammenhing. Dieser Hugo war Architekt. Er spielte mit malerischen Neigungen. Aus einer gemütvollen Liebe zu Blumen bevorzugte er das Blumenstück. Er verkehrte viel bei den Schwestern auf Buchenhorst. Sein Betragen war still und gleichmäßig. Beruhte eine gewisse Teilnahmslosigkeit, die ihm bei gelegentlichen Zusammenkünften mit mir und selbst mit Kühnelle eignete, auf Scheu oder Überlegenheit? Ich weiß es heute noch nicht zu entscheiden. Daß er die Schwestern verehrte, ist gewiß. Zwei seiner Blumenstücke, die er Gabriele geschenkt hatte, hingen damals an unserer Wand. Mit Teresa war er noch enger befreundet. Er gehörte zu jenen Männern, mit denen ein junges Mädchen alles besprechen kann: eine Stickerei, die Arbeit einer Weißnäherin, ein Paar neue Strümpfe, ein neues Kostüm; Hugo half nach mit Zeichnen von Mustern, Schnitten und Figurinen. Eine Zeitlang konnte Teresa fast nicht ohne Hugo sein. Sie versuchte auch seine Selbstmordgedanken, die sie wohl kaum ganz ernst nahm, zu vertreiben. Gleichzeitig aber sagte sie, sie empfinde ihn nicht als Mann.

Nun war er tot, er hatte sich wirklich umgebracht. Als man ihn in die Erde senkte, war das geistliche Geleit ausgeblieben. Da trat die verwitwete, greise Mutter ans Grab. Was sie, unvorbereitet und ohne Genehmigung der Polizei, aus Herzensgrund, aus Weh und Liebe hervorbrechen ließ, ist mir unvergeßlich geblieben. Sie sprach vor Gott, sprach unter seiner Eingebung und Genehmigung. Ihre Rede war ungewollt eine furchtbare Anklage gegen das Pharisäertum.

Teresa war nicht zum Begräbnis von Dresden herübergekommen.

Als ich beim Trauermahle in einem kleinen Berliner Hotel zur Mutter des Toten von ihr sprach, vermochte sie nichts darauf zu sagen. Die Fassung, die sie inzwischen wiedergewonnen hatte, schien eine Weile gefährdet zu sein. Dann traf mich ein Blick, der sich aber sogleich wieder abwendete, und ich fühlte, wie einen Augenblick lang meine Hand gepreßt wurde.

Dieses Trauermahl endete häßlich und würdelos, weil schließlich das junge, fette Weib, welches der Bruder des tragisch Verschiedenen zur Ehe genommen hatte, immer nur wieder von einer Waldmeisterbowle, einer Ananasbowle, einer Pfirsichbowle und unzähligen Bowlen sprach, bei denen sie frohe Stunden erlebt und sich gütlich getan hatte.

Ich war Familienvater geworden. Gabriele stand bereits wieder im vierten Monat. Ihr Vetter und Vormund, ein Bankier in Naumburg an der Saale, hatte sie um ihr Vermögen gebracht. Acht Tage nachdem sein Bankrott und seine Veruntreuung von Mündelgeldern zu unserer Kenntnis gekommen war und wir plötzlich ganz ohne Mittel dastanden, gefiel es Gott, Gabrielens und Teresas Großmutter aus dem Leben abzurufen, wodurch die Enkelinnen abermals recht wohlhabend wurden. Der Schock aber war keine Kleinigkeit, und Gabrielens Nerven hatten durch das erste Wochenbett, das Nähren unseres Jungen und seine Pflege sowie durch die neue Last, die sie trug, ernstlich gelitten.

Sie und Teresa waren zum Begräbnis der Großmama nach Augsburg gereist, und Gott weiß, wie es kam, daß ich mich aufmachte und nach Dresden fuhr. Ich benutzte gern meine Strohwitwerschaft, um mich zu lüften und einmal wieder außerhalb der Familienatmosphäre zu atmen.

Es mag wohl Anfang November gewesen sein, der Winter war zeitig eingetreten. Am Morgen nach meiner Ankunft in Dresden trat ich, winterlich vermummt, wie es sich gehörte, aus der Tür des Hotels Bellevue in den klaren Frost hinaus. Mit wenigen Schritten, nachdem ich mich am Anblick des schönen Theaterplatzes und seiner Umrahmung erfreut hatte, war die Opernkasse erreicht, wo ich mir einen Platz für den Abend zu »Aida« von Verdi sicherte.

Von hier aus begab ich mich in die Galerie, nach der ich anderthalb Jahre geschmachtet und um derentwillen hauptsächlich ich Dresden für meinen Ausflug gewählt hatte. Mein Bluthusten war inzwischen geschwunden, länger als ein halbes Jahr zurück lag der letzte Fleck im Taschentuch. Trotzdem bestand noch Sorge, ja Hypochondrie. Das aber war gerade ein Segen dieser Fahrt, daß sie sich schon auf der Bahn und nun erst unter den Eindrücken der schönen Elbresidenz zusehends verflüchtigte.

Ich bin sehr weitherzig in bezug auf Malerei. Der große Rubens freilich sagte mir damals am wenigsten. Aber die Wucht seiner Farben und Bildkraft gehört schließlich dazu und ist nicht zum Schweigen zu bringen, wenn man nach einem Gang durch die Dresdner Sammlungen den Nachhall ihrer großen Polyphonie in sich hat.

Ob Kühnelle in Dresden war, wußte ich nicht, da er zwischen Leipzig und Dresden zu pendeln pflegte. Obgleich er im kommenden Frühjahr mein Schwager werden sollte, oder gerade deshalb, wie ja des öfteren vorkommen soll, waren wir uns aus den Augen gerückt. Den Wunsch, ihn zu sehen, hatte ich nicht. Aber Zufall oder Bestimmung ließen mich ihm noch am selben Morgen begegnen.

Ich liebe den Großen Garten zu jeder Jahreszeit. Auf meinem Schlendergang war ich, vielleicht im Unterbewußtsein angezogen, bis in die Nähe des sogenannten Palais gelangt, in dessen Räumen, und

114

zwar vor dem Gipsmodell von Rietschels Luther, ich mich seinerzeit mit Gabriele verlobt hatte. Auf dem Eise des Teiches, in dem sich sommers das Palais spiegelt, war bei den Klängen einer kleinen Kapelle ein winterlich frohes Treiben im Gange. Unter den hübschen Paaren, die auf Schlittschuhen hin und her schwebten, war eines, das mir besonders gefiel. Zunächst natürlich der weibliche Teil: eine schöne, große, blonde Frau mit Krimmerbarett und einem pekeschenartig verschnürten Jäckchen. Ein kleiner Zwischenfall, wie er auf dem Eise nicht selten ist, wobei die Dame nicht allzu sanft zum Sitzen kam, erregte, und zwar bei dem Paare selbst, große Heiterkeit. Bald darauf half der Herr seiner Dame in einen Stuhlschlitten, der herbeigeschafft worden war, und schob sie in schnellstem Tempo vor sich her und über die Weite der Bahn. Irgendwie wurde ich durch diesen prächtigen Kavalier mit dem flatternden Radmantel an das Bild erinnert, das Goethe in Frankfurt beim Eislauf zeigt. Deshalb war es mir nicht ganz leicht, nach und nach zu begreifen, daß ich nicht ihn, sondern meinen Freund Kühnelle vor mir hatte.

Das Geschehnis und die Entdeckung Kühnelles hatten mein Beobachtungsfeld etwas eingeengt, und jetzt erst sah ich livrierte Diener, die an der Stelle stehengeblieben waren, wohin sie den romantischen, mit edlem Pelzwerk versehenen Stuhlschlitten gebracht hatten. »Wer ist denn die Dame?« fragte ich einen beliebigen Gaffer, der neben mir stand. Er sagte: »Es ist Prinzessin Irene.« – »Wer?« fragte ich nochmals, und die Antwort wiederholte sich.

Ich suchte nun etwas zurückzutreten, um von meinem Freunde und Schwager in spe nicht bemerkt zu werden, und verlegte mich auf Beobachtung. Es war – so verblüffend erschien dies Erlebnis mir –, als wenn ich in ein Märchen von Musäus mitten hinein geraten wäre. Dann hätte ich etwa, ohne davon eine Ahnung gehabt zu haben, mit einem verwunschenen Prinzen verkehrt, der sein Inkognito mit dem seltsamen Namen Kühnelle deckte.

Sein Betragen war ganz ohne Servilität. Als er, mit seiner Dame im Stuhlschlitten an einem der Ränder des rechteckig angelegten Teiches entlangsausend, dicht an mir vorüberkam, fing ich, von der mir so bekannten angenehmen Stimme mehrmals gesprochen, die Anrede »Königliche Hoheit« auf. Nun also, das wurde ja immer seltsamer. Hatte man es etwa bei Kühnelle wirklich mit dem Inkognito eines Prinzen zu tun? Und war er vielleicht mit Teresa nur zur linken Hand verlobt? Und war diese hier seine wirkliche Braut? Wer konnte denn wissen, zu welchen Streichen ein Prinz aus königlichem Hause die Neigung und die Mittel besaß und wozu er ein Recht zu haben glaubte! Die Vertraulichkeit, die Heiterkeit, der Übermut, ja das Glück dieser beiden konnte bei einem Brautpaar in der Tat nicht mehr in die Augen fallen. Das Jauchzen Kühnelles, wie ich es nennen will, zeigte elementare Ausbrüche einer von innen kommenden, kindhaften Freude an. Es war jedesmal das unterdrückte Beben eines Lach- und Lebenskrampfes, eines Lustausbruches, der nicht zur Entwicklung kam, aber die Kraft zur Freude unwiderstehlich auf andere übertrug.

Einige offizielle Paare, wahrscheinlich Kammerjunker und Hofdamen, schwebten hinter dem Stuhlschlitten her, der die Gestalt eines schwarzen Schwanes hatte. Dem Gefolge hatte sich dann so ziemlich die ganze Eisbahn angeschlossen.

Zum andernmal kam der Zug, und zum drittenmal kam er an mir vorbei. Obgleich Kühnelle laut lachend mir mehrmals gerade ins Auge sah, schien er, was mich betraf, mit Blindheit geschlagen. Schneller, als ich vermutete, ging man ans Abschnallen. Jetzt erst bemerkte ich auch die Hofkutschen. Die Hofgesellschaft wurde nicht in Schlitten, sondern in geschlossenen Wagen abgeholt. Von Kühnelle hatte man, noch auf der Eisfläche, heiter und allgemein Abschied genommen.

Auch Kühnelle verließ die Bahn. Ihn überkam im Dahinschreiten unter den kahlen Bäumen des Großen Gartens sehr bald – wie ich, der ihn verfolgte, bemerken konnte – die alte Versonnenheit. Seine Schritte wurden zusehends langsamer. Und als er, mir zwar immer noch auf eine gewisse Weise entfremdet, doch nun wiederum mehr der alte geworden war, holte ich ihn ein und schlug ihm mit der Hand auf die Schulter.

Das Wiedersehen war ganz von der gewohnten Art. Bei ihm temperamentvoll, heiter, hinreißend. Aber bei dem Sturme und Sturz der zur ersten Orientierung dienenden Fragen sparte er geflissentlich die Person Teresas aus. Sie ward übergangen, und den Eindruck, daß er mit ihr verlobt wäre, hatte man nicht einen Augenblick.

Erst als wir im Italienischen Dörfchen frühstückten, hielt ich es für erlaubt, meine Neugier, seine Eisbahnbekanntschaft betreffend, walten zu lassen. »Du hast mich auf der Eisbahn gesehen«, sagte er. »Ach Gott, ja!« er zuckte abwehrend mit den Achseln, »ich gebe ihr eben ein bißchen Klavierunterricht.«

»Wem«, fragte ich, »gibst du Klavierunterricht?« – »Ach Gott, ja«, sagte er, heftiger ablehnend und wie unter körperlichen Schmerzen, »du weißt ja, wenn solche Sachen an einen herantreten ... Das ist eben an mich herangetreten ... dieser Baron da, der Uexküll, ließ sich das eben nun mal nicht ausreden ... für so was eigne ich mich nun einmal nicht! Ihr lieben Leute, ich eigne mich nun einmal ganz und gar nicht für solche Sachen! Ich habe bei Hofe vorgespielt ... Nun Gott! diese Leute verstehen doch nichts ... Na ja, Irene ... na gut ... na was ... Sie möchte gerne ... sie gibt sich ja Mühe ... Gewiß, sie würde vielleicht mit mir durchgehen, aber zur Pianistin machen kann ich sie nicht. Professor! Morgen kann ich Professor sein. Ich werde doch nicht meine

118

Freiheit vergeuden! Professor, Gehalt, Anstellung . . . lieber gleich Steine klopfen und Wolle spinnen! . . .«

Ich weiß nicht mehr, ob dies genau seine Worte waren, aber sicher so ungefähr. Nirgend habe ich, glaube ich, erwähnt, daß Kühnelle zwar nicht im sächsischen Dialekte sprach, Dorf und Torf also nicht verwechselte, daß aber seine Ausdrucksweise trotzdem auf angenehme Weise den Sachsen verriet.

Wir waren sehr heiter miteinander. Wir waren auf eine sehr sonderbare Weise wie im Komplott. Hatte das etwas mit der Abwesenheit Gabrielens und Teresas zu tun? Für die Veruntreuung des Vermögens der Schwestern durch den Vetter, Bankier und früheren Vormund hatte er nur ein schweigendes Achselzucken. Der Versuch, von dem eigentümlichen Zufall zu sprechen, der im rettenden Tode der Großmutter lag, hatte die Wirkung, ihn stumm zu machen. Erst auf die Frage nach dem Befinden seines Freundes Hasper ging er einigermaßen ein.

Er hatte ein großes Musikstück geschrieben, das man im Gewandhaus zu Leipzig aufführen werde: eine Art Oratorium. – Ob es gut sei? – Achselzucken! – Wo Hasper sich augenblicklich aufhalte? – Vielleicht in Leipzig, in Berlin: er wisse es nicht. – »Ihr seid doch nicht auseinandergekommen?« – »Wieso? Das ist bei mir gar nicht nötig!« sagte Kühnelle, und wieder fiel ihn das glücksrauschartige Kichern an. »Ich habe dir ja schon oft gesagt: man hat eigentlich keinen Menschen in der Welt. Ich vergesse das nie. Man muß das eben niemals, nie, niemals vergessen!« – »Na ja«, warf ich ein, »mir genügen wenige, mir genügt einer, mir genügt auch gar keiner! hat Demokrit gesagt.« – »Das will ich nicht sagen. Was Demokrit gesagt hat, kenne ich nicht. Jeder muß etwas anderes finden, wodurch ihm das Leben möglich wird.«

Hiermit war auch das Thema Hasper abgetan.

Wenn ich mich dieser Szene heute erinnere, so frage ich mich, ob nicht unter dem Gekicher Kühnelles zuweilen die bittere Grimasse hervorschaute. Zwischen Hasper und ihm bestand jedenfalls eine Unstimmigkeit, deren Grad und Tiefe ich nicht beurteilen konnte.

Also war, gestand ich mir vor dem Schlafengehen im Hotel, der Mensch und Fall Kühnelle mir wieder nahegekommen. Wie sonderbar diese Mischung von sorglosem Überschwang auf der Schlittschuhbahn und eigensinniger Halsstarrigkeit im Ablehnen jeder wahren Beziehung zu Welt und Menschen. »Ich verzeihe mir nichts«, hatte er irgendwann im Gespräch gesagt, »ich fasse mich nicht mit Glacéhandschuhen an, aber ebensowenig die anderen, denen ich ebensowenig verzeihen will oder kann, womit sie fortgesetzt furchtbar sündigen, fortgesetzt das Schlechte tun. Menschen wie ich dürften eigentlich gar nicht am Leben sein! Das beste wäre, sich auszumerzen! Teresas Vetter Hugo« – nur dies eine Mal nannte er den Namen seiner Braut –, »Teresas Vetter Hugo ist der einzige, der folgerichtig gehandelt hat und der mir etwas wie Hochachtung abnötigt.« Dies war Menschenverachtung. Menschenhaß, die eigene Person nicht ausgeschlossen.

Am nächsten Morgen vertiefte sich noch der Unterschied zwischen dem glänzenden Kavalier auf der Schlittschuhbahn und dem Ansichsein im Wesen Kühnelles. Es war zwölf Uhr mittags, als ich ihn aufsuchte. Schon als ich den Flur seines Hauses, in der Nähe des Linkeschen Bades, betrat, hörte ich ein Klavier toben. Ich traf Kühnelle im bloßen Hemd, seinen Bechstein-Flügel bearbeitend. Er hatte im gleichen Kostüm bereits von acht Uhr früh ab phantasiert. Das Stübchen schien eigentlich nur eine Kassette für das Instrument zu sein, in die außerdem noch Stöße, ja Berge von Noten gestopft waren. Eine Tasse Kaffee stand kalt geworden, ein trockenes Brötchen lag unberührt.

»Weißt du«, sagte er, »es war mir gestern recht unangenehm, daß ich da auf dem Palaisteich sozusagen Dienst tun mußte. Man verliert ja bloß seine kostbare Zeit. Sie stehlen einem das Kostbarste! Wer kann einem dann das wiedergeben, was man auf diese Weise einbüßen muß?«

Und weiter ging es in der Entfesselung brausender Tonmassen, ohne daß sich der Pianist auch nur seines mangelnden Anzugs wegen entschuldigte. Er sang dazu. Er war vollkommen verrückt und verzückt.

Als ich ihn so zum ersten Male in seinem Gehäuse sah, dachte ich an Diogenes. Ohne zu wissen, vertrat er ja wirklich öfters kynische Grundsätze. Seine Bedürfnislosigkeit war allerdings nicht auf völlige Armut, sondern auf eine Rente gegründet. In ihr sah er die Sicherheit seiner Unabhängigkeit. Und wenn sie ihm diese nur immer sicherte, so schien mir, begehrte er nicht das geringste darüber hinaus. Und was ich hier sah und mehr noch hörte, das war die eigentliche Seele seiner Unabhängigkeit, war die Atmosphäre, die musikalische Aura, in der er vielleicht dereinst als Stern gekreist, die mit ihm in den Mutterleib gekrochen und mit ihm daraus hervorgegangen war, sein Teil, sein Erbe, sein wahres Leben. Statt des Weltenraumes dies fast von Tönen zerberstende Faß des Diogenes, dieser kleine Raum innerhalb der absondernden, schützenden, rettenden Eierschale! Jetzt schrie er mir »Karl Maria von Weber!« zu. »Erkennst du's? Schubert! Schubert: C-Dur! Bach! Bach! Das ist aus der h-Moll-Messe! Schön! Bei Gott!«

Wagner dazwischen. »Meistersinger-Vorspiel: warum denn nicht? Jetzt paß auf: aus der Letzten von Beethoven!«

Die Schilderung meines Ausfluges würde nicht vollständig sein, wenn ich einer Begegnung vergäße, die ich, auf meiner Rückreise nach Berlin und Fangschleuse, in Leipzig hatte. Ich weiß heute nicht, weshalb ich diesen Umweg gemacht habe. Jedenfalls kam plötzlich, als ich so vor mich hinschlendernd durch die Straßen ging, Hasper mit einer jungen, städtisch gekleideten Dame auf mich zu, in der ich nur langsam Marlenchen erkannte. Beide waren recht froh gestimmt, und die Kameradschaftlichkeit ihres Verkehrstons ließ über das Verhältnis keinen Zweifel mehr, in dem sie nun wohl zueinander standen.

Marlenchen lernte in Leipzig so allerlei, ich nehme an: ein wenig Französisch, etwas Literatur, wie man sich in Gesellschaft betragen, Messer und Gabel führen muß. Ich vermute, sie sollte ein bißchen Schliff bekommen. Daß sie zu Neste trugen, war klar. Sie sprachen von Wohnungsschwierigkeiten. Es war nicht leicht, das Rechte zu finden, da man auch an den alten Vater, den alten Rat, denken mußte, der sein Häuschen in Meißen, das er verkauft hatte, nur noch ein Jahr bewohnen durfte. Fräulein Maria Helene, das war ihr wirklicher Name, erklärte, daß es in Meißen doch zu langweilig sei und daß es einem dort an allem fehle, was dem Leben Wert und Gehalt gebe. So war denn auch dieses Idyll erloschen und kaum noch eine Erinnerung.

Ich erzählte, ich hätte Kühnelle in Dresden getroffen, und dies gab bei dem großen, ein wenig derben Menschen einen vielfach stockenden Wortschwall der Überraschung, Neugier, Verlegenheit: »Ach so! Nun ja! der gute Kühnelle! der gute Dietrich!« Was er treibe? was er mache? und so. »Wenn er nur nicht ein so schwieriger Mensch wäre. Er ist äußerst schwierig, das wissen Sie ja. Ich bin gespannt, was noch mal mit ihm werden wird. Vieles an ihm ist geradezu lächerlich. Er meint, man soll ihn auch darin ernst nehmen. Ich muß bedauern, ich kann das nicht: mir fehlt die Demut, mir fehlt der Glaube! Der Gute verlangt von seinen Freunden die völlige Willenlosigkeit!« – Mein Bericht, wie ich ihn mit der Prinzessin getroffen hätte, löste bei Hasper ein nicht ganz neidloses, übertriebenes, mit Spott durchsetztes Lachen aus: »Nun ja, der gute Dietrich wird hoffähig! Da geht es hin. Darauf kommt es hinaus. Er darf auch nicht zuviel von Konsequenz reden. Sie fehle mir, warf er mir täglich vor. Bei ihm wird sie auch nicht mehr lange vorhalten.«

Ich erkannte auch hier: der Bruch war da. Weiter machte ich mir für jetzt keine Gedanken.

In Augsburg sowie auf der Hin- und Rückreise waren die Schwestern nach langer Trennung wieder einmal vereint. Das hatte die alte Wärme, die alte Familienliebe erneuert.

Die Hochzeit, erzählte Gabriele, wäre ja nun für die erste Hälfte des kommenden Mai angesetzt. Das sei nun auch richtig, sei geradezu notwendig. Warum sollten Leute, die nun einmal so miteinander stünden wie Teresa und Dietrich, Dietrich und Teresa weiter in einem Zwischenzustand, nicht Fisch, nicht Fleisch, verschmachten, der sie ja beide im Grunde nur martere. Was ihr Teresa von Dietrich erzählt habe, sei wundervoll. Wenn nur die Hälfte davon zutreffe, sei er nicht nur einer der größten und edelsten unter uns Menschen, sondern auch der kommende große Komponist, obgleich er, wahrscheinlich nicht ohne eine gewisse Absicht, irgendwelches schöpferische Talent zu besitzen eigensinnig ableugne. Oder mache das seine Bescheidenheit? »Sie gibt«, erzählte mir Gabriele, »wirklich erstaunliche Beweise von seinem Edelmut, seiner untadeligen Charakterfestigkeit. Beinahe finde ich diesen Grad von Tugend ein bißchen zu weitgehend. Teresa ist hingerissen davon. Er gestattet sich, wie sie sagt, keine irgendwie auch nur entfernt verletzende Vertraulichkeit. Sie ist ihm eine Jungfrau Maria an Unnahbarkeit. Wie zu einer Göttin, dem Inbegriff aller Schönheit, aller Güte, aller reinsten Mütterlichkeit blicke er zu ihr auf!

Das ist alles ein bißchen überstiegen«, fuhr Gabriele fort, »und mitten in den begeisterten Lobeserhebungen dieser Art brach denn auch sonderbarerweise Teresa unvermutet in Tränen aus. Sie sagte, das wäre daher gekommen, weil sie einem Achselzucken von mir entnommen habe, daß ich glaube, sie übertreibe. Sie gehöre durchaus nicht unter die Bräute, welche in ihrem Geliebten immer den Ausbund aller Tugenden sehen müssen ... Ich hatte nicht mit den Achseln gezuckt. Ich glaube auch nicht, daß sie darum weinte. Vielleicht weinte sie, weil sie eben ein reifes junges Weibwesen und, wie die meisten Buchenhorster, heißblütig ist: Tugend in einem solchen Falle muß auf die Dauer nervös machen.«

Gabriele schloß: »Aber sonst ist ja alles soweit in Ordnung, denke ich. Und wenn erst die Hochzeit stattgefunden hat, wird wohl ein von Gesundheit strotzender Kerl wie Dietrich nicht mehr durchaus auf Reinheit, Tugend und so weiter bestehen.«

Obgleich ich nun, besonders nach meiner jüngsten Erfahrung, mir Kühnelle als Bräutigam oder gar Ehemann nicht vorstellen konnte, unterdrückte ich alle Befürchtungen, weil alles vermutungsweise Denken doch der Wucht des Lebens und der Tatsachen nicht gewachsen ist. Was dir wahrscheinlich ist, unterbleibt, und es geschieht das scheinbar Unmögliche.

Das Ehepaar wollte in München wohnen. Eine reizende Wohnung an der Isar war gefunden. Teresas Briefe schwelgten davon. Dietrich sei in Verbindung getreten mit Meister Humperdinck. Er werde bei den Bayreuther Festspielen mitwirken. Wenn es auch sozusagen eine etwas untergeordnete Detailarbeit sei, die man ihm zudächte, schrecke er doch jetzt nicht mehr davor zurück. – Was doch Teresa aus ihrem Geliebten zu machen verstand! Es war eben die unendliche Güte dieses entzückenden lieben Geschöpfes, war ihre rührende Hingebung, welche die Dämonie und das Eigenbrödlertum dieses Sonderlings schließlich überwand. Er hatte sogar in die kirchliche Trauung eingewilligt.

Kühnelle sprach allerdings nie über Religion, also auch niemals gegnerisch. Trotzdem war zu erkennen, daß er jeden Eingriff in seine persönliche Sphäre unerträglich gefunden hätte. Nun aber: selbst die kirchliche Trauung gewann seine Zustimmung. Noch mit anderem war er einverstanden, Lieblingsideen seiner Braut, die dem Patrizierkinde im Blute saßen. Ihr schien ein Hochzeitsfest wie das unsere nicht würdig genug. Sie plante einen großen Polterabend und dann eine große Fête auf Buchenhorst. Sie wollte dazu die ganze Verwandtschaft einladen. Die Gäste sollten in Dresden oder in den Dörfern um Buchenhorst Quartier nehmen. Wenn sie Kühnelle dazu gebracht hatte, dies zu wünschen oder zu dulden, war es, was weibliche Taktik betrifft, ein Meisterstück.

Was soll ich sagen: der Tag der Hochzeit nahte heran. Alle Vorbereitungen waren getroffen und ganz im Sinne Teresas durchgeführt. Um Gabrielens willen, die sich erst Anfang Mai von ihrem zweiten glücklichen Wochenbette erhoben hatte, war das Fest auf den 2. Juni verschoben worden. Die Schwester sollte, wünschte Teresa, ihren eigenen Glückstag voll genießen, sollte ausdauernd tanz- und genußfähig sein.

Man hatte das alte, verwaiste Landhaus Buchenhorst, in dem nur noch das Onkelchen als Kastellan residierte, von oben bis unten scheuern, hatte seine unzähligen Fensterscheiben putzen, alle Winkel kehren, den angesammelten Unrat, Asche, Staub, Lumpen, Scherben, Spagatreste, Zeitungsfetzen, fortschaffen lassen, hatte den Schimmel der Wände abgerieben, Spinnweben fortgekehrt, schadhafte Stellen in der Tapete ausgebessert. Wochenlang hatte der Tapezierer mit den Fenstervorhängen zu tun gehabt. Verläßliche Lohndiener waren in Tätigkeit. Unter Aufsicht des Onkels wurde das alte Familiensilber, Messer und Gabeln für sechzig Personen, aus dem Verschluß genommen und durchgemustert. Die alten Damasttischdecken wurden aus den Schränken geholt, sie stammten noch von der Urgroßmutter, und eine siebenzackige Krone war in das Gewebe eingewebt. Es war wohl Teresas Lieblingsgedanke, gleichsam zum Abschied den alten Familienglanz noch einmal aufleuchten zu lassen. Die Uckermanns hatten von Bünau ihre prächtige Dame für alles, Frau Raue, gesandt. Breit und behäbig anzusehen, mit altertümlichem Wellenscheitel unter der ebenso altertümlichen Haube, leitete sie, immerwährend Bonbons kauend, einen Schwarm von Mägden durch ein Zucken der dunkelbeflaumten Oberlippe. Diese Mägde und Mädchen waren ebenfalls von Verwandten, die in Sachsen und in Schlesien Güter besaßen, zur Verfügung gestellt. Man kannte das herrliche Buchenhorst und wollte gern einige frohe Tage darin zubringen, zumal bei der schönsten Jahreszeit. Aber man wußte auch, daß man nachhelfen mußte, wenn es dort an nichts fehlen sollte, da es die Schwestern gewiß nicht ausfüllten, ja der weitläufig schloßartige

Häuserkomplex einige Zeit überhaupt nicht mehr im Betriebe war.

Was die Wahl des Gatten betrifft, so nahm man sie als gegeben hin. Der Alte von Buchenhorst hatte als exzentrisch gegolten, und die Töchter, welche ebendies Wesen geerbt hatten, waren nun einmal nicht zu beeinflussen. Alle Absichten, die man mit ihnen gehabt hatte, waren durch die Bank fehlgeschlagen. Die zigeunerischen, wenn nicht gar plebejischen Instinkte der Mädchen wichen aus, wenn von einer reichen und standesgemäßen Verbindung die Rede war. Sie pflegten in allem Ernste zu sagen: »Onkel, ich habe Angst vor der Reitpeitsche!« – »Tante, ich habe Angst vor dem Pferdestall!« – »Lieber Vetter, ich sehe dich lieber auf dem Kutschbock vierelang fahren als in meinem Musikzimmer!« und so fort und so fort. – Und so kamen denn diese katastrophalen Heiraten. Wären zwanzig Schwestern statt zweien da, so würde eben an zwanzig Zigeuner und Hungerleider das reiche Familienerbe verschleudert werden. So war denn auch klar, daß Buchenhorst auf den neuen Besitzer wartete, und schon deshalb lohnte es sich, nach dem Rechten zu sehen.

Mein Bruder Konrad und ich hatten auf sinnreiche Weise in der Halle von Buchenhorst ein Podium aufgeschlagen. Ich hatte ein kleines Festspiel verfaßt, in dem wir Brüder gemeinsam auftraten. Es hieß »Der 29. Februar«, weil sich Kühnelle und Teresa im letzten Schaltjahr an diesem Tage verlobt hatten.

Ich glaube fast, daß ich mit diesem Stück gegen Müllner und seine schon damals vergessene Schicksalstragödie protestieren wollte. Während wir spielten, ahnten wir nicht, daß wir am Vorabend eines Datums standen, das weit merkwürdiger war, sich aber Gott sei Dank nicht alle vier Jahre wiederholte.

Jedenfalls hatten wir da einen Polterabendscherz inszeniert, der wirklich erheblich das übertraf, was sonst auf diesem Gebiete geleistet wird. Er wurde entsprechend aufgenommen. Der Abend steht mir in heiterster Erinnerung. Kühnelles Laune war großartig. Er wollte sich wohl noch einmal austoben durch sie, bevor der steife Ernst des eigentlichen Hochzeitstages über ihn kam. Oft strich er Teresa über den Scheitel, die mit ihrem für den Polterabend bestimmten, halb häuslichen Kleide entzückend anzusehen war. In Betrachtung des Paares schlug ich mir insgeheim sozusagen an die Brust und fragte mich, wie ich jemals an der wahren Zusammengehörigkeit von Teresa und Dietrich zweifeln konnte. Sie hatte Gott selbst zusammengefügt.

Gabriele trat erschüttert zu mir und sagte mit Tränen in den Augen: »Wie schön sie sind! Wie richtig das ist! Sie sind ja doch füreinander geboren!« Ich drückte ihr einen Kuß auf die Stirn.

Der Hochzeitsmorgen kam heran. Damit war einer jener Tage begonnen, die schon mittags beendet sind, jener Tage, darf man auch sagen, deren Vor- und

Nachmittag dem Avers und Revers einer Münze gleichen, die auf dem Tische liegt: bei diesem ist Nacht,
bei jenem Sonne. Es war ein finsterer Nachmittag.

Oder war es ein finsterer Vormittag?

Gegen zehn Uhr früh stand Teresa, die Braut, zur
standesamtlichen Trauung bereit. Vor dem Garten-
tor waren die Wagen angefahren. Was nun geschah,
kann mit wenig Worten erzählt weden.

Teresa wartete, die Trauzeugen warteten, die Wagen warteten, die übrigen Gäste standen herum: sie
wollten das Brautpaar abfahren sehen.

Aber der Bräutigam war nicht zu finden.

Das Warten versetzte alle zunächst in eine leichte
Heiterkeit. Konnte der Standesbeamte nicht pünktlich trauen, so kam vielleicht der ganze Zug ehedur-
stiger Paare in Unordnung: sie sind keine Freunde
von Behinderungen oder Verspätungen. Aber die
Pendeluhren schlugen ein Viertel nach Zehn, ohne
daß sich der Bräutigam gezeigt hätte. Da mußte etwas geschehen sein. Die Unruhe, die wir alle emp-
fanden, nahm begreiflicherweise bei Teresa beängsti-
gende Formen an. Es gab damals noch kein Privatte-
lefon. Kühnelle hatte in Kötzschenbroda Wohnung
genommen, aber er war bereits unterwegs, wie der
Bote erfuhr und erklärte, den man nach ihm geschickt hatte. War Kühnelle jedoch unterwegs, so
gab es durchaus keine andere Erklärung für sein Ausbleiben, als daß ihm ein Unglück zugestoßen sei.

Es wurden Vermutungen über Vermutungen laut,

Boten an alle möglichen Orte ausgesendet. Inzwischen war es elf Uhr geworden. Um diese Zeit wurde vom Hausdiener eines kleinen Hotels ein Schreiben an meine Frau abgegeben.

Der Brief an Gabriele lautete: »Ich konnte nicht anders. Es ist besser jetzt als später, wenn das Unglück geschehen ist. Sie hat nichts verloren, darum muß sie darüber hinwegkommen. Wohin ich gehe, weiß ich nicht. Ich möchte die Sache nicht komplizieren und diesen Tag mit einer Tat, wie Hugo sie getan hat, kennzeichnen. Aber ich verschwinde auf Nimmerwiedersehen. Lebt wohl!«

In den Umschlag des Schreibens, das natürlich von Kühnelle kam, war ein anderes an Teresa eingeschlossen. Man kann sich die Schwere der Aufgabe vorstellen, die somit Gabriele und mir zugefallen war.

Die Lage, in der wir uns befanden, war auf eine furchtbar lächerliche Weise tragisch und auf eine furchtbar tragische Weise lächerlich. Sie ist hier und da über Menschen gekommen, nicht allzuoft, und wird sich auch künftig nicht leicht wiederholen. Ob Kühnelles Verhalten nicht doch dem blinden Vorwärtsgehen auf einer als falsch erkannten Bahn vorzuziehen ist, mag ein jeder bei sich selbst entscheiden.

Die Hochzeit ward also abgesagt.

Uns bot sich eine Menge von Aufgaben. Die wenigst wichtige bestand darin, den Skandal nach außen abzudämpfen, der schadenfrohen Öffentlichkeit eine plausible Lüge hinzuwerfen, einen Knochen, woran ihre Sensationswut zu nagen hatte. Den Standesbeamten, den Pastor mußte man ins Vertrauen ziehen. Unter den Hochzeitsgästen waren zunächst die einflußreichsten, wohlwollendsten und intelligentesten zu verständigen, die es dann auf sich zu nehmen hatten, einen sofortigen, panikartigen Abbruch der Festlichkeit zu verhindern. Diese wurde in der Tat – ein Stadtkoch aus Dresden mit seinen Unterköchen arbeitete ja schließlich schon in der großen gewölbten Küche des Landhauses – bis zu einem gewissen Grade durchgeführt. Vor allem natürlich das Hochzeitsdiner: ein solches überaus seltsamer Art, wie ich es nicht zum zweiten Male erleben werde. Endlich jedoch, Fama hin, Fama her: Teresa selber war hier die Hauptsache. Man mußte sich klarwerden, wie Teresa vor einem geistig-körperlichen Zusammenbruch bewahrt werden konnte. Sie war in der allergrößten Gefahr. Gabriele, hinter verschlossenen Türen, in einem entlegenen Zimmer mit mir allein, wiederholte fortwährend: »Sie kann es nicht überleben!« Und als ich sah, wie Gabriele, die in ihrem Wesen viel einfacher und viel widerstandsfähiger als die Schwester war, sich mehr und mehr einem Nervenzustand näherte, glaubte ich selber, daß sie recht hatte, wenn ich es auch trotzdem bestritt.

Mit Worten geschont habe ich begreiflicherweise in diesen schwersten Minuten meinen Freund Kühnelle nicht. Ich habe vielmehr die Stunde verwünscht, in der ich beschloß, ihn auf Buchenhorst einzuführen. Es fielen nur unparlamentarische Ausdrücke. Ich sah Kühnelle in einem Licht, das jeden, aber auch jeden Reiz von ihm abzehrte, und stimmte alledem vollkommen zu, was er gegen sich selbst und für die Ruchlosigkeit seines Innern vorgebracht hatte.

Da mit Gabrielens Ruhe und Fassung nicht mehr zu rechnen war, die Beratung mit ihr auch kein Resultat ergab, ließ ich sie dort zurück, wo sie war, und gebot ihr, das Zimmer nicht zu verlassen. Mit Frau Raue, die ich zuerst ins Vertrauen zog, ging ich dann, nachdem sie ihr tiefes Entsetzen überwunden hatte, zu Teresa hinein. Zwar das Zimmer kreiste mit mir, ich wußte nicht, was ich sagen würde, doch der Zwang der Tatsache war allmächtig. Du wirst vielleicht in wenigen Augenblicken eine Tote im Arm halten, sagte ich mir, aber schweigen durfte ich nicht.

Nein! Es kam anders, als ich gedacht hatte. Wir trafen Teresa ganz allein. Wie oft im Leben, wo ein Hindernis unübersteiglich, eine Gefahr unüberwindlich, Ende und Untergang unausweichlich scheinen, zeigt es sich, daß man von einem wesenlosen Gespenst beängstigt worden ist. Wie gesagt: wir trafen Teresa allein. Sie trug ein sogenanntes Tailormade-Kleid, graubraun, anliegend und an ein Reitkostüm erinnernd, auf dem schlichten Scheitel eine Art Herrenhut. Ihr Gesicht war bleich. Die Weiße dieses Gesichts, in der zwei dunkle, brennende Augen lagen, hat sich mir unvergeßlich eingeprägt. Ich glaubte nicht recht zu hören, als sie sagte: »Ich weiß! Ich weiß!« und dabei sehr langsam den Hut vom Kopfe nahm.

Ich fragte: »Was weißt du, liebe Teresa?«

»Ich brauche den Brief, den du für mich hast, gar nicht zu lesen!« sagte Teresa. »Ich will ihn überhaupt jetzt nicht lesen – man hat ja schließlich gekämpft und gekämpft und gerungen genug!«

Nun versuchte ich die Sachlage zu vertuschen, ihr Unabänderliches fortzulügen, die Aussichtslosigkeit mit lockenden Möglichkeiten und Hoffnungen auszustatten. Es war ein abgetanes Programm, auf eine andere Sachlage zugeschnitten, das sich nun rein mechanisch abwickelte. »O nein, das ist aus!« sprach Teresa mit einem irren Lächeln der Verzweiflung vor sich hin.

Nun begann sie langsam umherzugehen. Als sie nahe an mir vorbeikam, stand sie still. »Höre«, sagte sie dann mit fester Stimme, »sage es jedem, der etwa über den anderen herfallen will: ganz allein ich! ich bin die Schuldige! Und nun müßt ihr schon alles da draußen für mich tun. Ich mache es, wie ich's manchmal in der Kindheit getan: wenn mir ein Glas zerbrach und womöglich noch was mißlang, ging ich zu Bette.«

Nun bewegte sie sich nach der Schlafzimmertür. Und erst genau in dem Augenblick, als sie deren Klinke berührte, da schluchzte sie einmal auf und ward ohnmächtig. Ich war schnell genug, zu verhindern, daß sie zusammenbrach. –

Diese Vorgänge sind vergessen. In der Gegend, wo sie geschehen sind, weiß heute niemand davon. Auch bei jenen Beteiligten, die noch leben, sind sie von der Zeit ausgelöscht.

Sollte man glauben, daß, da die Sorge um Teresa wenn nicht verschwunden war, so doch nicht mehr mit den schlimmsten Befürchtungen zu rechnen hatte, das Hochzeitsdiner bei verminderter Gästezahl einen ziemlich heiteren Verlauf hatte? Natürlich war den Beteiligten eine gewisse Zurückhaltung in der Stimmkraft auferlegt, aber mit Hilfe der guten eßbaren Dinge und des Weins gewann das Komische in dem tragikomischen Erlebnis die Oberhand und gab zu Scherzen und Witzen Veranlassung. Man wurde nicht müde, auf die gerettete Braut anzustoßen, weil ihr angeblich dadurch, daß sie diesen Menschen losgeworden war, ein Hauptgewinn in der Lotterie des Lebens zugefallen sei. Augenscheinlich hatte sie einen Schutzengel.

Über Teresas Befinden wurden von Zeit zu Zeit Berichte heruntergebracht, und da hieß es denn auch, daß sie mit Gabriele einige Male herzlich, wenn auch unter Tränen, gelacht habe.

Teresa hat bis heut nicht geheiratet. Eine Anzahl Jahre lebte sie in Zurückgezogenheit, fast ausschließlich der Erinnerung an Kühnelle. Allerlei Sonderbarkeiten, Gänge zu Wahrsagerinnen, eine gewisse Erregung bei Ankunft der Post, eine Vorliebe für Schiffs-nachrichten, konnten glauben machen, daß ihr die Hoffnung noch nicht ganz geschwunden sei, Küh-nelle werde zu ihr zurückkommen.

Man wußte, er war in Amerika. Ich war persönlich nach Leipzig gereist, hatte Hasper aufgesucht und von ihm diesen Umstand erfahren. Er nannte den Dampfer, mit dem der Sonderling, Eheflüchtling und Musikus Europa, und zwar nicht als Passagier, sondern als Kohlentrimmer, verlassen hatte. Damit war mein Interesse an ihm sowie an Hasper vorläufig abgetan, und nur durch Zufall erfuhr ich später, daß seine Heirat mit Marlenchen auch nicht zustande ge-kommen war.

Als nach Jahren nichts von Kühnelle verlautete, veranstaltete Teresa ein großes Autodafé, in dessen Flammen sie alle Fotografien, alle Briefe, alle Noten-widmungen, kurz alle Andenken an Kühnelle op-ferte. Freilich, auch nach dieser Zeit blieben alle An-näherungen von Werbern um ihre Hand von vorn-herein aussichtslos. Sie werde nie und nimmer heiraten. Der Wink, sagte sie, den sie vom Himmel erhalten habe, sei deutlich genug. – An Hochzeiten nahm Teresa niemals teil. Obgleich wir nach Jahren in heiteren Augenblicken, Teresa, Gabriele und ich, herzlich über das Komische des mißglückten Hoch-zeitsfestes lachen konnten, war dieses doch zum Angsttraum geworden, der, wie mir Gabriele verriet, Teresa immer wieder heimsuchte.

Als aber auf die ersten drei Jahre weitere gefolgt waren und Teresa ihr dreißigstes Lebensjahr überschritten hatte, ließen auch diese Angstträume nach. Sie wohnte in Leipzig. Sie hatte sich in eine Rentnerlebensform eingesponnen, nach verfrüht altjüngferlicher Art, aber äußerst behaglich und für den Besucher wohltätig. Ohne daß sie viel Wesens davon machte, schien nun gerade von ihr die Idealform des Lebens, die Kühnelle für sich erstrebte, verwirklicht zu sein.

Der Schuß im Park

1

Eines schönen Herbstmorgens kam mir der Gedanke, einen alten Onkel zu besuchen, den ich seit zwanzig Jahren nicht gesehen hatte. Es war die Zeit des Zweirads. Automobile machten die Straßen noch nicht unsicher. Ich wohnte damals etwa achthundert Meter über dem Meeresspiegel im Riesengebirge, mein Onkel dagegen an seinem Fuß, und zwar in Jauer, einer alten schlesischen Stadt. Ich bestieg mein Zweirad und ließ es bergab laufen.

Das tat es nun wohl zwei bis drei Stunden lang.

Was bei der leichten Bewegung an frischer Bergluft in meine Lungen drang, was an landschaftlicher Schönheit und Weite überall meine Augen entzückte, erneuerte mich und gab meinem wohl ein wenig belasteten Geist die Befreiung, die er gesucht hatte.

Ich fand meinen Onkel in seinem Herbarium. Der Forstmann, über die Siebzig hinaus, befand sich seit kaum einem Jahr im Ruhestand. Bis dahin war er Förster, Oberförster, zuletzt Verwalter eines mächtigen Güterkomplexes des Fürsten P. an der polnischen Grenze.

Seine Freude über mein Kommen war groß.

Es gingen von ihm, nicht nur im Familienkreise, allerlei Geschichten um, die ihn als Original kennzeichneten und übrigens seinen Humor und seinen Appetit zum Gegenstand hatten. Was nun den Humor betraf, so funkelte er noch jetzt aus seinen hervorgequollenen Augen, obgleich dabei die Züge um seinen Mund nicht mitsprechen konnten, da sie von einem immer noch rötlichen, gewaltigen Vollbart verdeckt waren.

Nachdem, immer unter einem trompetenden Lachen, die Zeremonie des Wiedersehens erledigt war und ich seine seit dreißig Jahren gelähmte Frau, Tante Ida, begrüßt hatte, wurde – es war gegen elf Uhr am Vormittag – im Herbar eine Flasche Burgunder geöffnet, wir setzten uns nieder und stießen an.

Der Onkel, im Familienkreis Adolf genannt, war ein großer Botaniker, als Weiden- und Rosenforscher bekannt. »Siehst du, mein lieber Neffe«, sagte er, auf die Regale weisend, die alle vier Wände des kleinen Zimmers bedeckten und in denen, zwischen Bündeln von grauen Löschblättern, seine Sammlung getrockneter Pflanzen verborgen lag, »siehst du, mein lieber Neffe, das ist alles, was mir von einem langen Leben geblieben ist. Ich war ja allerlei anderes gewöhnt: Auerhähne schießen, Hirsche, Dachse, Lüchse, Füchse, wie man sagt; Holzschläge kontrol-

lieren, in die Kreisstädte fahren und die Verkäufe be-
werkstelligen, und so fort und so fort. Als junger
Leibjäger, wie du ja weißt, bin ich mit dem Bruder
meines Fürsten – er nannte sich van der Diemen –
herumgereist. Ich war sogar mit ihm in Afrika und
habe dort Antilopen geschossen, einmal sogar einen
Wasserbock. Auch sonst, lieber Neffe, war ich nicht
faul. Ich habe mich, Gott sei Dank, tüchtig rangehal-
ten. Nein, das muß wahr sein, mir haben's die hübschen Mädels nicht schwergemacht. Beinah war es
zuviel, doch man hatte ja eben was zuzusetzen . . .
nun, wie gesagt: geblieben ist das Herbarium.«

»Getrocknete Blumen«, sagte ich, »das ist ja wohl
immer alles, was bleibt.«

»Nein, lieber Konrad, das meine ich nicht. Sieh
mal: Jauer bietet mir nichts. Ich kenne hier niemand
und will niemand kennenlernen. Ich gehe nicht aus,
ich meine, in keine Gesellschaft und kein Lokal. Man
könnte vielleicht den Eindruck gewinnen, daß ich
hier verlassen und trostlos vereinsamt mein Ende er-
warte. Nun, sieh mal hierher, betrachte dir diese
Briefschaften. Ich stehe in Verbindung mit Botani-
kern aller Welt. Hier hast du ein Schreiben aus Paris,
das ist aus Wien, andere kommen aus Rom, Prag, Bu-
dapest, da ist eine Sendung aus Athen, hier eine aus
Christiania, und so fort und so fort. Überallher kommen getrocknete Pflanzen und erzählen mir von
ihren Standorten. So sitze ich hier und klettere bald in
den Felsen an einem norwegischen Fjord herum

oder am Col di Tenda, wo ich aufs Mittelmeer niederblicke; eines Morgens streiche ich auf einer Donauinsel umher, am andern Tage bin ich vielleicht auf Java gelandet. Meine Freizügigkeit geht sogar bis Tokio; in Tibet selbst unterhalte ich Beziehungen.«

Als wir die erste Flasche Wein vertilgt hatten und mein Onkel die zweite entkorkte, wußte ich, daß er ein Krater war, der ununterbrochen aus den Tiefen seiner Vergangenheit, gleichsam achtlos, Schätze emporschleuderte. Das tat er, obgleich er am Sprechen merklich behindert war und wieder und wieder nach Atem ringen mußte. Die Tage des Onkels waren bemessen, zufolge der heimlichen Nachrichten, die sich im Kreis der Verwandten herumsprachen, und einer schlimmen Prognose, die eine Autorität gestellt hatte. Wie seltsam, daß die gelähmte Frau aller Voraussicht nach ihren zeitlebens von gesunden Kräften strotzenden Mann wahrscheinlich überleben würde!

Trotzdem war es nicht möglich, diesem unverwüstlich fröhlichen Mann gegenüber anders als fröhlich zu sein. Etwas wie Furcht vor einem nahen Ende bemerkte man nicht. Er schien seiner Atemnot nicht zu achten. Er behandelte sie wie ein widerspenstiges Tier, das man mit einigem Aufwand zur Räson bringen muß. Nachdem er mir noch ein Faszikel geöffnet und die zahllosen Verbastardierungen einer Distel gezeigt und erklärt hatte, fragte er, ob es mir recht sei, ihn bei seinem ärztlich befohlenen kurzen Morgenspaziergang zu begleiten.

Die Wohnung des Onkels lag am Markt, der nur wenig Bewegung zeigte. Die alten Gebäude, Rathaus, Kirche und dergleichen, die ihn begrenzten, schliefen ringsherum. Sie schraken nur scheinbar auf, wenn mit ohrenbetäubendem Lärm ein Wagen über das Pflaster rumpelte. Wir bogen in irgendeine Gasse, die irgendwohin führte und sich auf einen Friedhof öffnete. Die Straße setzte sich dann zwischen Grabhügeln fort, Grabtafeln aller Art aus Stein und Metall, Kreuzen aus gleichem Material oder auch aus Holz, nur mit Inschriften oder mit dem Kruzifixus daran. Die Hügel waren mit Efeu bedeckt, da und dort von Zypressen bewacht; ein frisches Grab lag unter einem Haufen von Kränzen.

Ich hatte meinen Onkel wieder auf seine Reise mit van der Diemen gebracht, über die im Verwandtenkreise manches im Schwange ging, und konnte zu meiner Freude bemerken, daß mein Interesse an diesem Thema dem seinen entgegenkam. Die Art, wie er sich darüber verbreitete, bewies, wie gern er sich dieser Epoche erinnerte.

Ich weiß nicht, was sich die Leute gedacht haben, die im Vorübergehen zuhörten, wie der alte Rotbart immer wieder stillestand und trompetete und dann wieder nach Atem rang und ich mich dabei vor Lachen bog: zwei Schritt von den Kränzen und Schleifen des frischen Grabhügels.

»Ach«, rief er, »was war das für eine Zeit! Wenn ich alles in allem nehme: unsere Besuche auf den

Schlössern in Ungarn bleiben doch der Höhepunkt. Donnerwetter, Konrad, ich bin auch kein übler Kerl gewesen! So 'n Leibjäger, alias Adjutant, muß irgend etwas sein. Mit einem Schneidergesellen läßt sich auf solchem Posten kein Staat machen. Wir standen sehr gut, der Graf und ich, schließlich waren wir drei Jahre zu zweien. Es ist nicht zu leugnen, daß man manchmal was Ähnliches wie Kammerdiener ist. Aber doch nur was Ähnliches. Ich war van der Diemens Reisemarschall. In Afrika wuchs sich der Posten beträchtlich aus. Ich befehligte schockweise Eingeborene. Ich stand ihm auch wissenschaftlich nicht nach. Als Jäger war ich ihm überlegen. Einmal hab' ich sogar sein Leben gerettet. Er hatte ein Nashorn angeschossen. Es nahm ihn an, er war verloren, hätte ich das Luder nicht mit einigen gutsitzenden Kugeln zur Strecke gebracht.«

Er kam ins Lachen, und ich merkte, daß dieser unaufhaltsame Ausbruch seiner Heiterkeit sich auf etwas bezog, was in seiner Erinnerung eben auftauchte.

»Ja, Ungarn, Ungarn!« sagte er. »Wir trafen in der Nähe von Szegedin auf der Poststation ein. Ein Wagen des Fürsten X. wartete auf dem Vorplatz. Es war eine windige, offene Karrete mit drei Pferden davor. Der Ungar in Nationaltracht, der das Gespann lenkte, lehnte den Rücken an unsere Knie. Die ganze Geschichte war nicht sehr einladend. Wir sahen uns recht bedenklich an, van der Diemen und ich, aber schon war es losgegangen. Ja, losgehen ist das richtige Wort. Eine Flinte geht los, und so unser Wagen. Der Ungar hieb auf die Pferde ein, und es ging in Karriere vom Flecke weg. Es war wie ein Kutschbock, auf dem wir saßen. Wir klammerten uns an die niedrigen Eisenstäbe an. Wir dachten, die Pferde sind durchgegangen. Was sollten wir anderes denken? Nichts. Und wir dachten auch nichts, als daß wir nun bald überhaupt nichts mehr denken würden. So befahlen wir unsere Seelen Gott. Denn in der Tat waren die Gäule durchgegangen. Es waren Teufel und sahen wie Himmelsziegen aus. Natürlich verließen sie den Weg und rasten ziellos in die Pußta hinein. Pferde, die durchgehen, haben kein Ziel. Bodensenkungen, Gräben bildeten ihnen kein Hindernis. Seltsamerweise: der Wagen hielt aus, er zerbrach nicht in tausend Stücke. Wir wurden in die Luft geworfen, kamen aber, wie durch ein Wunder, mit dem Hintern wieder auf unseren luftigen Kutschbock zurück.«

Der Onkel schwieg und rang lachend in heftiger Atemnot.

»Donnerwetter, das war eine Fahrt!« fuhr der Onkel fort. »Allmählich begriffen wir, daß wir uns geirrt hatten: so drauflos zu preschen und zu kaleschen war hier der übliche Schnellpostbetrieb. So klammerten wir uns krampfhaft fest und waren denn auch, als das Schloß in der Ferne auftauchte, noch nicht über Bord. War nun der Schlag einer Uhr herübergedrungen und glaubte der Kutscher vielleicht sich verspätet zu haben, kurz, er peitschte nun erst recht auf die Pferde ein, so daß wir unsere Geschwindigkeit verdoppelten. ›Er hat sie geweckt!‹ brüllte mein Graf mich an, ›denn sie haben ja wirklich bis jetzt geschlafen.‹ Endlich rasten wir mit unverminderter Schnelligkeit durch eine lange Pappelallee, rauschten durch den ersten, den zweiten Torbau in einen weiten Hof des gewaltigen Schlosses hinein, in dessen einem Winkel vor dem Eingang des Treppenhauses unser fürstlicher Gastgeber mit einer Menge vornehmer Gäste, Herren und Damen, auf uns wartete. Gott sei Dank verlangsamte nun unser Rosselenker mehr und mehr die Fahrt. Aber als wir dachten, er würde nun halten und wir könnten aussteigen, fuhr er den Gästen im Hof zwei oder drei kunstreiche Achten vor. Dies war eine Probe seiner Kunst, die wir gewiß mit dem gleichen Wohlwollen wie die Zuschauer betrachtet hätten, wären wir nur von der schauderhaften Karrete, mit der sie ausgeführt wurde, herunter gewesen. So balancierte der Wagen bald auf den zwei Rädern der rechten, bald auf der linken Seite, wir prallten gegeneinander an, und es ist nur natürlich, daß wir dabei keine gute Figur machten. Diese Sache jedoch schien hier üblich zu sein, denn die Tragikomik wurde – das merkten wir, als wir endlich ausstiegen – von der Gesellschaft nicht empfunden.

Auf diesem Schloß«, fuhr der Onkel fort, »haben wir dann acht Tage gelebt, und ich will nicht mit Vornamen Adolf heißen, wenn ich in dieser Woche auch nur zwölf Stunden ruhig geschlafen habe. Du bist ja verheiratet, lieber Konrad, und nicht zimperlich: in meinem Zimmer standen statt des Trinkwassers gefüllte blinkende Karaffen mit rotem und weißem Wein. Am Morgen nach der ersten Nacht – halte mich meinethalben für einen Aufschneider: es war die einzige, die ich allein in meinem Bett zubrachte –, also am ersten Morgen, nachdem ich geklingelt hatte, brachten einige Diener mein Frühstück herein. Konrad, wahrhaftig, ich mußte mich festhalten. Schließlich brach ich, ich konnte mir anders bei diesem Eindruck nicht helfen, in ein den Dienern völlig befremdliches Lachen aus. In großen silbernen Kannen wurde mir Kaffee und Schokolade serviert, Tee in chinesischem Porzellan, gekochte Eier, unter dem Dutzend ging es nicht, kalter gekochter Schinken, Rebhuhn, Fasan, Honig und allerlei Marmeladen, drei- oder viererlei Gebäck, allerhand Kuchen, was weiß ich.

Nun, Konrad, ich ließ mich nicht lange bitten, ein Kostverächter bin ich noch heute nicht. Ich hieb also ein, daß es eine Art hatte. Ich weiß wahrhaftig nicht, ob von dem ganzen Kram sehr viel übriggeblieben ist.

Aber nun, Konrad, die Weiber! Du kannst dir nicht denken, wie die, mir nichts, dir nichts, drauflosgingen – und Donnerwetter, wie schön, feurig und lustig sie waren. Parlamentieren war völlig überflüssig, wenigstens bei einem hübschen Kerl, der ich damals gewesen bin. In dem ungeheuren Keller beim Kellermeister habe ich mit ihm alle Weine durchprobiert – und dann oben im Schloß und ringsherum die fuchsteufelswilden Mädels und Weiber. Dann ging es wieder zurück zur Weinprobe, dann wieder hinauf, dann wieder hinunter, und so fort und so fort. Ich schweige davon, bis in welche Höhen ich hinaufgestiegen bin. Konrad, man wurde einfach befohlen. Es geht einem manchmal gegen den Strich, aber wenn man dann eben doch von einer schönen, übermütigen jungen Gräfin in lockerer Gewandung empfangen wird, setzt man sich über allerlei Bedenken hinweg. Ich war wie in Mohammeds Paradiesen.

Tokaier, Gulyas, Paprika!

Nach dem Souper, etwa so gegen elf Uhr nachts, gingen die Herren zu den Zigeunern. Da wurde die wilde, betäubend schöne Musik gemacht, wovon etwas in die fünfte Rhapsodie von Liszt geraten ist« – mein Onkel war ein recht guter Klavierspieler –, »es wurde getanzt. Die schönsten Mädchen, und du kannst dir nicht denken, welche geradezu brennende Schönheit ihnen mitunter eigen ist, saßen auf den Knien der Kavaliere. Dukaten wurden dem Primas zugeworfen und den Mädels in den Busen gesteckt. Es ging manchmal recht weit – aber wer könnte sich da, wenn er ein Mann ist, zurückhalten? Meist wurde bei den Zigeunern bis zum lichten Morgen durchgetobt.«

Dies ist nur ein kleiner Auszug der Erinnerungen,

die meinen Onkel mitten auf dem Kirchhof und dicht an dem frischen Grabhügel überwältigten. Es war nicht möglich, über den Kontrast zwischen seinem körperlichen Zustand und seiner feurigen Erzählung sowie zwischen ihrem ganz dem vollen Leben gehörenden Inhalt und der todgeweihten Stätte des Friedhofs hinwegzusehen. Hier ist er kaum anderthalb Monate später begraben worden.

Wir schritten nun eine Weile fort, bis wir an eine breite Straße kamen, die vom Lande in die Stadt führte. Die Turmuhren schlugen die Mittagsstunde. Mein Onkel zeigte sich plötzlich gerührt und sagte, indem er mir seinen linken Arm um die Schultern legte: »Ich freue mich wirklich sehr, mein lieber Konrad, daß du deinen alten Onkel, ehe es zu spät ist, noch einmal besuchen gekommen bist.« Seine Rührung ging auf mich über, und ich fühlte mich gedrängt zu erwidern: »Es ist doch jammerschade für mich, Onkel Adolf – ich bin heute über dreißig Jahre –, daß ich so wenig, und zwar nur vom Hörensagen, von dir gewußt habe. Ich muß bedauern, daß ich durch fünfzehn Jahre nicht wieder, wieder und wieder mit dir zusammengewesen bin und deine Gegenwart genossen habe.«

Er schwieg und klopfte mir nur auf die Schulter.

In diesem Augenblick wurden wir durch eine herrschaftliche Equipage gleichsam aufgeweckt: Kutscher und Diener in Livree und eine nicht mehr ganz junge vornehme Dame im Fond der Halbchaise.

»Donnerwetter«, sagte mein Onkel, »das ist ja . . .«
Er schwieg, als der Wagen, die Pferde in abgezirkel-
tem Trab, vorüberfuhr. Nun aber neigte die Dame
sich und grüßte mit freundlichem Lächeln herüber.

»Herrgott, wie seltsam«, sagte der Onkel, als das
Gefährt verschwunden war. »Gerade jetzt, wo wir so
viel von van der Diemen gesprochen haben, fährt
diese Baronin Weilern vorüber. Sie hat wohl das selt-
samste Schicksal gehabt. Der Zufall machte mich
zum Zeugen der Katastrophe in ihrem Leben: der
unwahrscheinlichsten, seltsamsten übrigens, die es
geben kann. Aber Mutter wartet, es ist zwölf Uhr,
und wir sind mit dem Essen sehr pünktlich. Doch,
Konrad, es lohnt. Ich erzähl' dir später mal mehr davon.«

Die Tante und der Onkel hielten auf einen guten Mit-
tagstisch. Wir aßen Rebhühner, die aus den alten
Jagdgründen stammten, deren oberster Verwalter
Onkel Adolf gewesen war. Er wurde von dort noch
regelmäßig versorgt.

Der alte Barbarossa hatte trotz seines Leidens den
Appetit nicht eingebüßt. Sein drittes Rebhuhn war
aufgezehrt, als ich mit meinem ersten zu Rande gekommen war. Er trank dabei Mosel in vollen Schluk-
ken.

Die Tante, von der Magd im Nebenzimmer bedient, blieb unsichtbar. Aber sie hatte Mausöhrchen
und nahm an der Unterhaltung teil. Sie tat es mit lau-

ten Einwürfen und Zurufen, die der Onkel gleich laut beantwortete.

Nach dem Käse wurde Obst und hernach Likör und Kaffee gebracht, wobei der Onkel sich heiter ächzend erhob und umständlich eine lange Pfeife in Brand steckte. Er war an den Pfeifenständer getreten und hatte sie sorgsam ausgewählt. Nachdem er die ersten Züge mit Behagen und stehend gepafft hatte, öffnete er die Glastür eines Bücherschranks: »Das ist nur der kleine Teil meiner großen Bibliothek, der mir unentbehrlich ist. Die gesamte unterzubringen, würde ich ein kleines Haus brauchen. So liegt sie denn in Kisten verstaut . . .«

Ich war zu ihm getreten und las die Buchtitel: Musikerbiographien, Afrikareisen, Schlagintweit, Nachtigal, Schweinfurth und andere. Natürlich auch van der Diemen war da. Ein ganzes Regal nahm Brehms Tierleben ein. Von den Dichtern war nur Scheffel vertreten.

Mir ging durch den Kopf, daß die einige tausend Bücher, die den Onkel durchs Leben begleitet hatten, nun aber in Kisten begraben lagen, ein Wiedersehen mit ihm wohl in dieser Welt nicht mehr feiern würden. Dabei griff ich mir einen Band von Brehms Tierleben und erzählte dem Onkel, wie ich einmal in einem Bahncoupé mit einem nahen Freunde Brehms ins Gespräch gekommen war und von ihm allerlei Einzelheiten über seine Reisen mit dem österreichischen Kronprinzen Rudolf erfahren hätte. Es wäre so ein bißchen »als wie, als ob, als wenn« gewesen – wobei Brehm sich recht überflüssig gefühlt hätte.

Der Onkel nahm mir das Buch aus der Hand – die Magd hatte einen Lehnstuhl herangezogen – und machte sich's wieder am Tisch bequem.

»Das mag stimmen«, sagte er. »Ein Sprichwort sagt: ›Herrendienst – Narrendienst.‹ Van der Diemen war keineswegs zimperlich, aber es war mit seinen Forschungen immer doch auch nur sosolala.«

»Warum existiert eigentlich von dir, Onkel, kein Buch über Afrika?«

»Ich konnte dem Grafen nicht Konkurrenz machen.«

»Aber du erzählst doch so fabelhaft, schilderst so anschaulich, ganz vorzüglich.«

»Mündlich, Konrad, schriftlich nicht. Sieh mal, ich bin so 'n alter Forstbüttel, denen stecken ja immer allerhand Flausen im Kopf. Wir machen uns ja gegenseitig manchmal bis zum Morgen ganz blöd und dumm mit Jagdgeschichten. Aber es gab ja in der Tat bis vor kurzem auch noch eine mündliche Erzählerkunst. Heut ist sie vollständig ausgestorben. Diese Kunst sozusagen in ihrer Entfaltung habe ich zweimal erlebt: das eine Mal bei einem Balten, einem Baron, das andere Mal bei niemand Geringerem als Alfred Brehm, den ich gekannt habe.«

Er leerte nunmehr seine Kaffeetasse und setzte

einen Kognak darauf. »Ja«, sagte ich, »Brehm soll ein Meistererzähler gewesen sein. Auch das erfuhr ich von seinem Freunde.«

»Ich habe ihn selbst gehört, Konrad. Doch der andre, der Balte, war auch nicht von Pappe. Der Balte hieß Baron Degenhart. Und da muß ich dir wenigstens etwas andeuten. Er steht nämlich in sehr enger Verbindung mit dem seltsamen Schicksal der Baronin Weilern, die du vorhin in der Kalesche gesehen hast. Ich will dir davon nur einiges andeuten.

Wir, van der Diemen und ich, stießen zuerst auf den Baron Degenhart im Inneren von Afrika. Hatte er sich dort irgendeiner Expedition angeschlossen oder sich auf eigene Faust weitergeholfen, kurz, er saß eines Abends an unserem Lagerfeuer. Male dir die Szenerie nach Belieben aus. Du kannst dir Löwen, Hyänen, Schakale, Zebras, Antilopen, kurz, was du willst, einbilden, ich überlasse dir alles ad libitum. Woher der Baron plötzlich kam, was er trieb? Entweder hatte er es uns gesagt, und ich habe es vergessen, oder er ließ uns darüber im unklaren. Kaum war er da und hatte seine Freude über unser Erscheinen ausgedrückt, auch uns sein ungefähres Signalement gegeben, als er auch schon zu erzählen begann. Wir konnten ihm, ohne gelangweilt zu sein, mehrere Stunden zuhören. Wir hatten ungefähr hundert schwarze Träger mit, dazu eine Anzahl Lasttiere, so daß unsere Versorgung mit Konserven und allerhand Genußmitteln nichts zu wünschen übrig ließ. An Geld war ja auch bei van der Diemen kein Mangel.

Da wir einige Tage Rast machten, nützte der Baron unsere Gegenwart weidlich aus, wir dagegen die seine desgleichen. Er konnte uns manchen guten Rat geben, da er den Charakter der Eingeborenen, ihre Lebensweise und Sitten recht genau studiert hatte, ja sogar ihre Sprache verstand. Seltsam genug: mitten in Afrika wurden wir durch seine Erzählungen nach Rußland versetzt, reisten mit ihm in der Troika oder im Schlitten von Petersburg bis Sibirien, kämpften Schlachten mit Wölfen und Räubern, jagten Schneehühner und Wisente, schossen Hermeline, Zobel und was nicht sonst. Wirklich, wir klapperten fast vor Frost, währen die afrikanische Hitze um uns brodelte.«

Onkel Adolf trompetete dies, zugleich herzlich lachend in der Erinnerung. Er sog schweigend an der Pfeife und wurde nachdenklich. Dann stieß er hervor und hatte dabei einen Hustenanfall zu überstehen:

»Ja, ja, der Baron! Eine gar nicht alltägliche Sache, dieser Baron Degenhart. Am zweiten Tage, den der Baron bei uns zubrachte – er blieb auch nachts bei uns im Zelt –, trat eine junge Farbige in Erscheinung. Sie suchte jemand und fragte nach ihm. Da niemand von uns Kisuaheli verstand und der Dolmetscher nicht zugegen war, konnten wir nicht herauskriegen, wen sie meinte. Bis dann der Baron aus dem Zelte trat und das junge Geschöpf mit dem blitzschnellen Sprung eines Panthers plötzlich zu seinen Füßen lag. Sie umklammerte seine Knie. ›Sie ist so ein kleines Spielzeug von mir‹, sagte er, zu uns gewandt, in einem brutalen und leichtfertigen Ton, der uns aufs äußerste mißfiel. ›Ich habe die Kleine Käthchen genannt. Sie ist wirklich ein schwarzes Käthchen von Heilbronn. Sie klebt, man kann sie nicht loswerden. So hat sie mich nun auch wiederum aufgespürt. Ich bitte mich deshalb zu entschuldigen.‹

Diese kleine Episode, lieber Konrad, die damals bei uns kaum Beachtung fand, sollte sich später seltsam auswirken. Donnerwetter«, so unterbrach er sich, »Donnerwetter, sehr seltsam! Überaus seltsam! Weiß der liebe Gott!

Als wir einige Tage mit dem Baron zusammengewesen waren, setzten wir unsere Reise fort, wir haben kaum noch von ihm gesprochen. Dergleichen Abenteurer trifft man ja in der ganzen Welt und so auch im afrikanischen Busch. Und wahrhaftig: er war einer. Aus seinen Erzählungen ging hervor – und wir zweifelten keineswegs daran –, wie er den Gegenwert von fünf oder sechs Erbgütern durchgebracht hatte. Den Hauptteil hatten die Pariser Kokotten verzehrt, die Spielbank von Monte Carlo den anderen, raffinierte Diners, bei denen Champagner in Strömen floß, rissen nicht ab. Immerhin, ein gewöhnlicher Verschwender war er nicht, dazu hatte er zu viel Geist. Mit großer Entschlossenheit hatte er sich einem Kultus des rücksichtslosen Lebensgenusses verschrieben, in den auch Kunst, Literatur und Musik verflochten waren. Einmal schloß er sich Zigeunern an, die auf einem Wolgaschiff reisten: er unterhielt sie durch mehrere Monate.

Nun aber genug, und ein andermal mehr von diesem Baron.«

»Onkel, ich will nicht in dich dringen«, sagte ich. »Aber du sprachst vorhin von dem Schicksal der Baronin Weilern, in das der Baron Degenhart verflochten ist. Ich sehe ja ein, ich darf dich nicht länger belästigen. Ich werde auch im Augenblick aufbrechen. Aber wenn du mir nicht wenigstens einen kleinen Hinweis gibst, wie die Verflechtung des innerafrikanischen Abenteurers mit der schlesischen Gutsfrau möglich geworden ist, so entläßt du mich mit einem quälenden Fragezeichen, das mir vielleicht auf Wochen den Schlaf rauben wird.«

Aus dem Nebenzimmer ertönte die Stimme der Oberforstmeisterin:

»So erzähl ihm doch die Geschichte, Mann!«

»Gut, Alte«, parierte sogleich mein Onkel. »Bedingung: du mußt uns noch eine Flasche Wein zubilligen.«

»Na ja, na ja, warum denn nicht?«

»Siehst du« – der Onkel schlug mit der Hand auf den Tisch –, »da stimmen wir mal genau zusammen. Das Leben ist doch bald zu Ende gelebt, wofür will man sich aufsparen? Man muß die Feste feiern, wie sie fallen. Und heute feiern wir eben ein Fest. Ist es ein Wunder, wenn man jemand, den man als dreizehnjährigen Nichtsnutz zuletzt gesehen hat, als einen Mann von Geltung wiedersieht und neben sich sitzen hat? Warum sollen wir mit dem Abschied eilen: da man sich diesmal doch wohl für immer trennen wird.«

Er sagte dies alles mit Heiterkeit. Die Flasche kam, ich entkorkte sie, ein volles Glas trug die Magd in das Zimmer der Tante. Der Onkel trank, entleerte und stopfte von neuem den Pfeifenkopf und begann dann nach kurzem Besinnen die Geschichte, die meine Tante vorhin verlangt hatte. An ihrem Aufbau und einigermaßen klugen Zusammenhalt konnte man merken, daß er sie oft erzählt und so in der Form mehr und mehr vervollkommnet hatte.

2

»Die Herrschaft Konern, die heute noch im Besitz der Baronin Weilern ist, besteht aus ungefähr dreizehntausend Morgen, Äcker, Wiesen und Wald zusammengenommen.

Ich hatte die Dame durch van der Diemen kennengelernt, der ohne Zweifel ein Auge auf die schöne, begüterte Baroneß geworfen hatte. Ich weiß nicht, woran die Verbindung scheiterte.

Ihre Mutter befand sich seit Jahren im Irrenhaus,

ihr Vater starb, als sie gerade zur Not majorenn geworden war. So trat sie in den Besitz der Güter. Noch im Todesjahr des Vaters, also im Trauerjahr, verkehrten der Graf und ich in seinem Gefolge oft bei ihr. Ich bin ja einigermaßen durchgesiebt in der Land- und Forstwirtschaft und konnte ihr manchen guten Rat geben. Zwei Jahre nachher starb leider van der Diemen, ohne, wie gesagt, in seiner ziemlich deutlichen Werbung mit ihr weitergekommen zu sein.

Ich wurde dann bald an die polnische Grenze versetzt und verlor die Weilern ganz aus den Augen.

Dann, nach fünf Jahren, erfuhren wir wieder etwas von ihr durch – ja, warte mal –, Alte, wer war das doch?«

Die Antwort erklang: »Ökonomierat Grieshammer.«

»Na also, durch Ökonomierat Grieshammer. Sie hatte Scherereien gehabt. Sie war in einen Prozeß verwickelt. Ein Zweig der Familie Weilern erklärte, nur männliche Erbfolge bestünde zu Recht, sie müsse die Güter an ihren Onkel, den Bruder ihres Vaters, abtreten. Man weiß ja – bitte sehr um Entschuldigung –, daß gewisse vornehme Leute einander wie die Geier anfallen, wo sie vermuten, daß irgendwie eine Beute zu machen ist.«

»Wie die Geier!« Vom Nebenzimmer erscholl die Bestätigung.

»Baronin Weilern ist heute eine Landfrau, die sich gewaschen hat. Die Zeit war ihr unbarmherziger

Lehrmeister. Die Habgier umgab sie mit hundert glühenden Augen, als sie den Besitz angetreten hatte. Aber sie hat sich durchgekämpft.

Meine Verwaltung an der polnischen Grenze lag eine Stunde weit von der nächsten Ortschaft entfernt, mitten in einer Lichtung der Forsten. Die Ställe mit den Pferden und dazugehörigen Heuböden, einige Förstereien, die Büros und mein Wohnhaus umgaben einen weiten Hof. Als Selbstversorger trieben wir einige Schweine auf Eichelmast, machten sie auch im Stalle fett, züchteten Hühner, Enten und Gänse. Not, lieber Konrad, kannten wir nicht. Wer uns besuchte, blieb meistens über Nacht bei uns – öfters auch mehrere Tage und Nächte.

Was der Ökonomierat von der Baronin Weilern erzählte, zeigte, daß allerlei um sie her und mit ihr vorgegangen war. Vor allem: sie hatte sich verheiratet. Sie hieß nun nicht mehr Baroneß Weilern, sondern Baronin Degenhart. Ich habe ein schlechtes Namensgedächtnis, deshalb brauchte es Tage, bevor ich mich an den Baron gleichen Namens erinnerte, den wir in Innerafrika getroffen hatten. Solange der Ökonomierat da war, dachte ich mit keinem Gedanken daran.

Der Gatte der Baroneß war arm. Deshalb und aus Gott weiß welchen Gründen hatte sich die ganze Verwandtschaft gegen die Heirat aufgelehnt. Die Hochzeit hatte denn auch fast ohne Beteiligung dieser Kreise stattgefunden. Sie wurden dann insofern enttäuscht und ins Unrecht gesetzt, als die Ehe geradezu exemplarisch glücklich wurde. Nach dem ersten, ungetrübten Ehejahr kam ein Knabe zur Welt, der Stammhalter. Der Vorname des Großvaters Weilern, Ulrich, wurde ihm beigelegt – heut ein prächtiger Junge von sieben Jahren, wie der Ökonomierat versicherte. Als zweites Kind erschien dann ein Mädchen, heute sechsjährig und, sagt man, wie ein Engel so schön. Das dritte Kind, wieder ein junger Baron, war nach Grieshammer schon fünfjährig. Mit ihm schnitt der Kindersegen einstweilen ab.

Der Ökonomierat reiste ab, und die Angelegenheit der Weilern geriet abermals bei mir in Vergessenheit. Ich wußte vor Arbeit kaum ein und aus. Die Forstverwaltung von über sechzigtausend Morgen, die völlig in meinen Händen lag, sog mich auf. Ich habe der Herrschaft, der ich diente – dies, lieber Konrad, sage ich beiläufig –, alle meine Jahre gewidmet und unter dem Druck der Verantwortung den Arbeitstagen unzählige Nächte zugelegt. Wahrhaftig, ich konnte Bäume ausreißen. Aber da ich es immer wieder tun mußte und gerne tat, habe ich es nur mit Dreingabe meiner Gesundheit durchgeführt. Lassen wir das! Wovon sprachen wir doch? Richtig: immer noch von der Weilern.

Eines schönen Herbsttages, etwa wie heut, lag – ich war nicht wenig erstaunt – ein Brief der Baronin auf meinem Arbeitstisch. Sie bat mich darin, sobald es mir möglich wäre, zu ihr zu kommen, um sie in einigen Punkten ihrer Forsten wegen zu beraten. Es handelte sich unter anderem um Maßnahmen gegen gewisse Forstschädlinge, darin ich große Erfahrung besaß. Auch würde sich ihr Mann freuen, so schrieb sie, einen engen Bekannten des verstorbenen Afrikareisenden van der Diemen kennenzulernen, dem er im afrikanischen Busch einmal begegnet sei. Es stand bei mir fest, daß ich der Einladung folgen würde. Nicht nur die Achtung für die Baronin gebot mir das, sondern die Pflicht, nach Kräften wo immer in der deutschen Forstwirtschaft nützlich zu sein. Und schließlich, die Eröffnung über Degenhart ließ keinen Zweifel, daß dieser Degenhart mit dem afrikanischen, der an unserem Feuer gesessen hatte, ein und derselbe sei, was mich einigermaßen aufregte.

Die Besonderheit dieser Aufregung war mir neu, und ich habe sie nachher nie wieder erlebt. Sie wuchs und wuchs, je mehr ich über Degenhart nachdachte und mir Einzelheiten meiner Begegnung mit ihm ins Gedächtnis rief. Also dieser Mann war der glückliche und beneidete Gatte der schönen und reichen Weilern geworden und hatte sich in ihren prächtigen Grundbesitz als Herr mitten hineingesetzt! Wie kam dieser Mann überhaupt nach Schlesien? Richtig, da fiel mir plötzlich ein: es gab im Waldenburger Gebirge irgendwo die letzten Trümmer einer Ruine, die er das Stammschloß seines Geschlechtes genannt hatte. Möglicherweise hatte seine Begegnung mit uns den Gedanken, seine Urheimat einmal wiederzusehen, in dem Abenteurer aufgeweckt.

Ich erschrak bei dem Wort Abenteurer. Heute war er ein großer Herr, und nach dem, was der Ökonomierat gesagt hatte, auch in seinem Wesen über das Abenteurertum weit hinaus: ein rührender Gatte, ein rührender Vater. In dieser letzten Eigenschaft ging er so weit, erzählte Grieshammer, daß er im Schloß und in den Kreisen des Adels ringsum belächelt wurde. Es wurde gesagt, er habe die Kleinen nicht selten gebadet und trockengelegt. Die Kinderfrauen und Ammen durften nur zuschauen. Die Baronin, also die Mutter selbst, war durch ihn fast völlig entlastet. Er wählte die Anzüge für die Buben, ja selbst die Kleidchen der kleinen Tochter aus, die er Solveig genannt hatte. Bei alledem – wie sagte doch Grieshammer? – lege er seiner Gattin die Hände unter den Fuß, damit sie sich nicht an einem Stein stoße, so daß die kluge Baronin ihrerseits ebenfalls mitunter lächle. Hatte der Ökonomierat recht, so hielt die Baronin, trotzdem er auch in Hof, Feld und Wald gesehen wurde, doch unmerklich die Zügel.

Ich sprach von der Seltsamkeit meiner Aufregung. Sie wuchs und irritierte mich fast, je mehr sich der Tag meiner Reise nach Schloß Konern näherte. Der Graf, genannt van der Diemen, war sieben oder acht Jahr älter als ich. Unsere Besuche bei der Baroneß Weilern fanden statt, als ich schon längst nicht mehr sein Leibjäger war, sondern bereits in Vertretung eines Forstmeisters amtierte. Unser Verhältnis von Diener und Herr hatte sich in Freundschaft verwandelt. Wir sahen uns oft und standen uns bei mit Rat und Tat. So war ich auch bei seiner Werbung um die Baroneß Vertrauensmann. Die junge Schloßherrin wußte das. Sie suchte deshalb nicht selten Gespräche unter vier Augen. Sie wollte von mir allerlei wissen über des Grafen Charakter, Gesundheit und Lebensart, und ich hatte die schwierige Aufgabe, allerlei zu verschweigen, ohne sie merken zu lassen, daß ich verschwieg. Die Gespräche, es ist nicht zu leugnen, trugen mir ihr Vertrauen ein. Ich war drauf und dran, wie mir schien, auch für sie eine Art Vertrauter zu werden. Ja, hätte ich etwa ein kleines ›von‹ vor meinem Vatersnamen gehabt: wer weiß, ob mich nicht schließlich mein Freund van der Diemen einen schleichenden Schurken und Verräter genannt hätte? In meiner Aufregung also verdichtete sich ein Gefühl, als ob ich vielleicht nicht nur wegen der Fichtenspanner und Nonnenraupen berufen würde, sondern in einem gewissen früheren Sinne als allgemein menschlicher Ratgeber. Dann müßte auf Konern etwas wie eine Krise im Gange sein.

Dies war mir, als ich die Bahn bestieg, um nach Konern zu reisen, schon irgendwie zur Gewißheit geworden. Warum, das weiß ich wahrhaftig nicht.

Ich selbst hatte nun einen jungen Forstmann zur Seite, so wie dereinst van der Diemen mich. Ich

mochte ihn bei den geplanten Waldgängen nicht ent-
behren. Er war in der Schädlingsbekämpfung prak-
tisch geschult und konnte die Mikroskope bedienen,
die er im Koffer mit sich führte, nebst Büchsen, Flaschen, Kruken mit Chemikalien aller Art.

Die Reise war lang und ziemlich umständlich.
Aber endlich, nach sechs oder sieben Stunden, lande-
ten wir an der Bahnstation, auf der uns der Wagen
von Konern erwarten sollte.

Statt eines aber warteten zwei: ein mit grauem At-
las gepolsterter Phaethon mit zwei köstlich geschirr-
ten vierjährigen Litauern, Kutscher und Diener in
Livree auf dem Bock, der andere ein zweispänniger
Gepäckwagen, der das schwere Gepäck von zwanzig
Reisenden bequem hätte aufnehmen können. Mein
kleiner Koffer und zwei Handtaschen, eine dem jungen Forstmann gehörig, wurden ihm anvertraut.

Konern hat ein Schloß mit Anbauten aus mehre-
ren Jahrhunderten. Der Haushalt wird nahezu fürstlich geführt. Allein für den Luxusgebrauch stehen im
Marstall vierzig bis fünfzig Pferde. Ein Stallmeister
und ein oberster Bereiter ist da. Berühmt sind die
Warmhäuser der Gärtnerei. Man nimmt dort im
Winter Brüsseler Weintrauben von den Spalieren.
Eine ganze Armee von Gärtnern und Gartengehilfen
steht im Dienst. Die Küche besorgt ein Franzose als
Küchenmeister. In Zimmern und Sälen bedient eine
erbliche Dienerschaft. Ihr Majordomus ist ein Deut-
scher, dessen rangnächster Diener ein Engländer. Es

ist in allem Wesentlichen die unveränderte Erbschaft des verstorbenen Barons Weilern, die von seiner Tochter, nunmehr Baronin Degenhart, pietätvoll unangetastet gelassen wurde.

Wie eine Insel feinster Kultur liegt das Schloß mit seinen Türmen, Terrassen, gepflegten Gärten und Parkanlagen mitten in einer reichen, aber baumlosen Nutzgegend. Sommers bilden die Getreidefelder das unendliche wogende Meer ringsum. Dieser Herrschafts- und Herrensitz mutet fast wie ein Märchen an. Aber Schlesien hat dieser Märchen viele, dieser Wunder aus Tausendundeiner Nacht, die sich aus der Provinz herausheben und Ausdruck der besten Kultur von Europa sind.

Was mir bevorstand, wußte ich. Man wird nach der Ankunft, solange man wünscht, allein gelassen. Eine Schaffnerin meldet das warme Bad, man hat sein Wohnzimmer und sein Schlafzimmer. Man hat einen Kammerdiener zur Seite, der jeden unausgesprochenen Wunsch errät und sogleich erfüllt. So stand ich denn bald gescheuert, gebürstet, geschniegelt und gebügelt, hatte meinen Leichnam in die Galauniform gepreßt und wurde, kaum war ich fertig, zur Tafel gerufen.

Doch ich wurde zunächst in das Zimmer des Hausherrn geführt. Als ich eintrat, schien mir, ich wäre allein. Der hohe, getäfelte Raum ward flakkernd erhellt von einem Kaminfeuer. Außerdem, ich erinnere mich dessen genau, sah ich durchs Fenster den Vollmond wie einen riesigen Ball kirschrotglühenden Metalls über den noch dämmrigen Feldern aufgehen. Im nächsten Augenblick erhob sich blitzschnell eine Gestalt am Kamin, die wohl kein anderer als der Hausherr sein konnte. Er war im Frack, der im Schlosse gebotenen Abendtracht. Dies und die vornehme Eleganz der Erscheinung machten mir in den ersten Minuten meinen einstigen Afrikaner unkenntlich. Es ging ihm mit mir, wie er später bekannte, ebenso. Nun ja, ich war stärker geworden und hatte mir einen Bart wachsen lassen – meine Galauniform mit Schnüren und allerlei Krimskrams kam hinzu. Durch diese Vermummung mußte auch er sich erst durchfinden.

Kleider machen Leute, wie ein Sprichwort sagt; aber inwieweit diese Behauptung zu Recht besteht, ist von nicht allzu vielen Menschen erkannt worden. Allerdings ist mit dem Begriffe Bekleidung nicht allein Rock, Weste, Hose und Stiefel gemeint, sondern die Umwelt im engeren Sinne, der Franzose nennt es Milieu.

Der afrikanische Degenhart und dieser waren zwei völlig verschiedene Leute. Der flotte, abgehärtete, im Denken und Tun verwegene Fallensteller und Löwenjäger war nicht mehr. An seine Stelle trat, als der englische Kammerdiener zwei silberne Armleuchter mit brennenden Kerzen brachte, ein mittelgroßer, schlanker Herr, dem der Friseur einen Scheitel von der Stirnmitte bis zum Nacken gezogen, das glattanliegende Haar und das Schnurrbärtchen pomadisiert hatte, der zwei dicke Perlen als Hemdknöpfe und noch zwei dickere an den Manschetten trug, dazu schwarzseidene Strümpfe und niedere Lackschuhe. Seine Hände, mit vielen Ringen geziert, schienen in einer chemischen Waschanstalt gereinigt zu sein. Dazu kamen sorgsam polierte Nägel. Er roch, ich weiß nicht nach welchem Parfüm; ja, eine Art Narzissenarom – du weißt ja, Konrad, ich bin Botaniker – strömte sogar aus seinem Munde.

Wir erkannten uns also nach und nach und richteten uns miteinander ein. Wenn ich geglaubt hatte, wir würden in Erinnerungen an den Schwarzen Erdteil schwelgen, so hatte ich mich durchaus getäuscht. ›Wir kennen uns ja, jawohl! jawohl?! Ach Gott, wie weit liegt das alles zurück.‹ Das waren so ungefähr die Worte, mit denen er seine Begegnung mit uns, van der Diemen und mir, streifte. Er wurde alsdann sehr liebenswürdig, aber doch wohl auf eine Art, die an Herablassung grenzte. Es war irgendwie eingelernte Leutseligkeit. Ich war verblüfft, wenn ich an denselben Mann am Lagerfeuer im afrikanischen Busch dachte, an seine Einfachheit, seine Offenheit, die Enthüllungen seiner vielen, mitunter gewagten Abenteuer.

›Also, was werden Sie unternehmen, Herr Oberforstmeister? Die Nonne greift meine Wälder an.‹ Damit ging er sehr bald zur Sache über. Er hat umgelernt, sehr schnell umgelernt, dachte ich. Er spielt seine Rolle ausgezeichnet.

Dann war an mir wiederum das Umlernen.

Plötzlich hörte ich Lachen von Kindern. Der Thronerbe Ulrich, die kleine Solveig und der jüngste Bube von fünf stürzten herein. Kaum konnte der Vater sich ihrer erwehren. Die Liebe der Kinder war grenzenlos. Er wurde mit Armen und Beinen umhalst, sie behandelten ihn als Kletterstange, was er sich alles geduldig gefallen ließ. Noch mehr: er vergaß seine Künstelei. Er wurde wahrhaft zärtlich mit ihnen. Auf ihr Geschwätz ging er lachend ein. Man sah seinen Stolz, als er die reizend gekleideten Sprößlinge einzeln vorstellte. Ulrich, sagte er, sehe der Mutter ähnlich, und manches dergleichen. In diesen Minuten kam es mir vor, als ob sich der einstige Afrikaner wiedergefunden habe.

Immerhin blieb noch ein Rest, soll ich sagen: eine leichte Befangenheit in ihm zurück.

Zwei oder drei Diener mit Bürsten und ein altes Fräulein mit einer weißen Haube und Fleckwasser stellten, nachdem die Kinder fort waren, den Anzug des Barons ziemlich umständlich wieder her.

Nun kam die Baronin mit ihrer Hausdame.

Anders, aber ebenso groß war die Veränderung, die sie von der Baroneß Weilern zur Baronin Degenhart durchgemacht hatte. Heliodora – kein geringerer Name war ihr in der Taufe zuteil geworden – rauschte in einer braunatlaßnen Abendtoilette herein, mit langer Schleppe und tiefem Dekolleté. Das seidige Gold des Haupthaares stimmte in seinem

168

Glanz prächtig dazu. Ihre Schühchen trugen Glasknöpfe, während ihre reine und schöne Stirn von einer Spange mit echten Brillanten gekrönt wurde. Ich erfuhr später, daß die Eheleute, auch wenn sie allein waren, abends immer in großer Toilette zu Tisch gingen. Aber der Pomp solchen Auftretens machte bei der Baronin nicht die Veränderung, vielmehr war aus dem klugen, jungen Mädchen eine selbstbewußte, schöne Frau geworden, in der man auch nicht sogleich das Wesen von einst wiederzuerkennen vermochte. Ihr Betragen war sicher und frei und nicht, wie beim Baron, künstlich angenommen. Sie ging, mir beide Arme entgegenstreckend, auf mich zu mit dem unverhohlenen Ausdruck der Freude darüber, daß ich ihrem Ruf gefolgt und überhaupt ihr Gelegenheit gegeben hätte, mich nach so langen Jahren wiederzusehen.

›Ich habe für heut abend nur unseren Generaldirektor, Geheimrat Kranz, und eine alte Tante von mir, Gräfin Feldheim, gebeten. Ich dachte, es würde Ihnen lieber sein, wenn wir uns ein bißchen intim unterhalten können. Eine größere Herrengesellschaft, ein Frühstück, das mein Mann morgen seinen Jagdfreunden gibt, wird allerdings nicht zu umgehen sein.‹

Entschuldige, Konrad«, unterbrach sich der Onkel, »wenn ich mich nun indirekt loben muß. Baronin Heliodora setzte hinzu: ›Man darf Sie den Herren nicht vorenthalten, Sie sind Jäger, nicht nur von

Beruf, sondern haben den größten Ruf in der Jägerei und den Forstwissenschaften. Sie sind Afrikaner und Löwentöter, von dessen nie fehlender Büchse van der Diemen Wunderdinge verbreitet hat.‹ Sie schloß: ›Ach ja, der arme van der Diemen! Er hat früh fort müssen. Er hat sich doch wohl aus Afrika den Todeskeim mitgebracht.‹

Wir saßen also zu fünfen bei Tisch. Über die Speisen ist nichts zu sagen. Ich hatte immer nur von Lampreten gehört – ›Ich werde dir wohl Lampreten kochen‹, schalt meine Mutter, wenn ich mit ihrer Brotsuppe nicht zufrieden war –, aber hier gab es wirklich Lampreten. Wirklich ein ganz vorzüglicher Fisch. Die Unterhaltung ging gut vonstatten, nur daß sie im Anfang vom Generaldirektor und mir allein bestritten wurde. Seltsam, wie wenig der Hausherr sich einmischte. Ein Beobachter ist ein Jäger ja wohl, und so war es zu bemerken, wie die Baronin heimlich forschende Blicke bald auf ihren Gemahl, bald auf mich richtete: als liege da etwas heimlich Verbindendes über uns, hinter das sie zu kommen wünschte. Was die Weine betraf, so begann es mit einem Champagner rosé, es folgte darauf ein unvergeßlicher alter Burgunder, hernach ein Steinberger Kabinett. Beim Braten dann wiederum trat der Champagner in sein Recht, mit dem man die Gläser der Herren fortwährend nachfüllte. Der Hausherr tat es im Trinken uns allen voran.

Aber dieser am Lagerfeuer so geistig rege und gesprächige Mann, der Meistererzähler seiner Abenteuer in drei Erdteilen, blieb hier, wo er als Regierender inmitten eines märchenhaften Reichtums saß, in Glücksumständen, die man wohl ebenfalls märchenhaft nennen darf, besonders in Anbetracht seiner Vergangenheit, einsilbig.

Ich wagte mich um so mehr hervor, besonders da ich bei meinem unter dem Einfluß des Weines zunehmenden Übermut immer mehr die dankbare Teilnahme der fürstlichen Heliodora und der Gräfin Feldheim buchen konnte. Man lachte viel, manchmal sogar der Baron, ja selbst der Generaldirektor mitunter in sich hinein. Wenn mich nämlich der Teufel reitet, Konrad, so setzt mein Humor über alle Barrieren. Nun war es nicht anders an jenem Abend, ich gebe es zu, als daß mich der Teufel ritt.

Die Feldheim war etwas plump und geradezu. Mehrmals sagte sie in befehlendem Ton: ›Erzählen Sie uns Pikantes von Afrika!‹

Einmal gab ich darauf zur Antwort: ›Da darf ich denn doch dem Hausherrn nicht vorgreifen.‹

Ich traf auf einen erstaunten Blick.

Hier räusperte sich der Generaldirektor. Er meldete sich so gleichsam zum Wort: ›Ist Ihnen denn bekannt, meine Herrschaften, daß seit einigen Tagen ein farbiges Weib, eine Art Negerin, mit einem zwölfjährigen Sohn, der heller ist als sie, die Gegend unsicher macht?‹

Die Nase des Barons war weiß geworden. Aber es

schien, als wollte er nun das Reden nicht mehr ausschließlich den andern überlassen, sondern der Unterhaltung Richtung und Inhalt aufzwingen. ›Sie wollten Pikantes hören, Gräfin‹, sagte er zur Feldheim, ›Pikantes von Afrika?‹ Und er gab sich den Anschein, herzlich und überlegen zu lachen. ›Pinsler, Moralisten – Heliodora, du wirst mir recht geben – sind wir nicht. Wir sind Männer, die die Welt kennen.‹

Er stieß mit seiner Gemahlin an.

›Meinethalben, was wollt ihr hören? Ein Geschichtchen im Kopfe fertigzumachen ist eine Kleinigkeit.‹

Ich sagte schon, daß mich der Teufel ritt, und so war es, als ich eine taktlose Dummheit begangen hatte und begriff, daß es eine war, unmöglich, sie wieder gutzumachen.

Ich hatte nämlich mein Glas erhoben, und zwar gegen den Baron, meinen Gastgeber, und dazu die Worte gesagt: ›Erzählen Sie uns die Geschichte vom Käthchen von Heilbronn.‹

Es sind neun Worte. Aber sie waren verhängnisvoll. Ich hätte sie morden sollen vor der Geburt. Es entstand eine allgemeine Betretenheit, die zunächst das Ehepaar ergriffen hatte.

Dem Hausherrn aber verschlug es die Sprache.

Er faßte sich dann und sagte mit scharfem und schnödem Ton: ›Käthchen von Heilbronn ist, soviel ich weiß, ein ziemlich läppisches Drama von Kleist.

Ich interessiere mich nicht für dergleichen poetische Luftblasen.‹

Dann schloß er, zu der Baronin gewandt: ›Ich denke, wir wollen die Tafel aufheben.‹

Wir Männer blieben noch ein kleines halbes Stündchen in einem hohen, mit Jagdtrophäen ausgestatteten Raum, wo Kaffee und Likör gereicht wurden. Die Damen hatten sich verabschiedet, Heliodora mit den Worten: ›Also auf morgen, Herr Oberforstmeister.‹

Im Anfang ging der Baron noch ein wenig erregt auf und ab. Dann schien die Importe ihn zu beruhigen, deren Rauch er genießerisch einsog und in Ringen von sich blies. Er lud uns alsdann zum Sitzen ein und nahm selber Platz am Kaminfeuer.

Ich war höchst unzufrieden mit mir und entschlossen, kein Gespräch zu beginnen, sondern nur auf ein solches einzugehen, das der Baron begonnen und dessen Gegenstand er gewählt hatte. Afrika schien bei ihm nicht beliebt zu sein. Also warten wir ab, dachte ich, ob er für sein schroffes Verhalten mir gegenüber eine Erklärung vorbringen oder ob er den Vorfall ignorieren wird.

Das tat er und sprang auf die Jägerei über.

Er sprach von den Wisenten des Fürsten Pleß, von dem Sechzehnender, den er zuletzt erlegt hatte, von dem Wildbestand seiner Felder und Forsten, sprach von seiner Fasanerie, erging sich in Bewunderung für die Leistungen eines Vorstehhundes und ließ durch einen jungen Förster zwei weiß und braun gefleckte Dackel hereinbringen, die ihm sogleich auf den Schoß, ja ins Gesicht sprangen: stürmische Liebkosungen, die er sich, wie jene der Kinder, geduldig gefallen ließ.

Wir kamen dann auf Gewehre, die neuen und neuesten Erfindungen auf dem Gebiet der Jagdwaffen, und er gestand eine ihn mitunter quälende Schießleidenschaft: Er habe schon als Knabe nicht nur auf Goldfische, sondern auf Frösche und Unken gezielt. Manchmal sei es ihm schwer geworden, das zu unterlassen, was ein Markgraf von Ansbach getan habe, nämlich einen Schornsteinfeger, wenn er ihn zufällig sah, vom Dach zu schießen. Er redete sich, wohl um dieses irgendwie zu rechtfertigen, in einen allgemeinen Pessimismus gegen Welt und Menschen hinein, für den gerade er, wie mir schien, durchaus keinen Grund hatte.

Es hatte vom Schloßturm noch nicht zehn geschlagen, als wir beiden Beamten, der Generaldirektor und ich, im Mondschein über den Schloßhof gingen, dann fünf oder sechs Minuten durch den Park, wo Geheimrat Kranz in einem von Efeu umsponnenen, traulichen Haus eine Dienstwohnung hatte. Seine Frau war abwesend. Sie gebrauchte in Bad Salzbrunn die Kur.

Es war mir sehr lieb, daß der kluge und gebildete Rheinländer mich mit sich nahm, denn ich war doch ein wenig aus dem Lot und mochte mich gern noch mit ihm aussprechen. Dazu kam es denn auch sehr bald in seinem behaglichen Heim, wo wir ungestört plaudern konnten. Wir tranken Rheinwein, köstliche Flaschen, die von ihm in die Gläser gleichsam zelebriert wurden.

›Machen Sie sich nur nichts aus dieser Eskapade des Barons‹, sagte er, als ich mein Befremden über sein Verhalten ziemlich frei von der Leber weg geäußert hatte. ›Was der Grund ist, wissen wir nicht; aber seit einiger Zeit hat sich unser Herr auf seltsame Weise verändert. Ich bin gewiß, daß die Baronin davon betroffen ist und darunter zu leiden hat. Sehen Sie‹ – der Geheimrat wurde nun leiser –, ›dieser Mann, der doch nicht mehr, sagen wir, im Vollbesitz eines jugendlichen Haarschopfes ist, hat ein immenses Glück gemacht. Das wird ihm naturgemäß geneidet. Auch ist leider wahr, daß die Neider nicht müßig sind. Die Onkel und Tanten der Baronin und deren weiterer Anhang sind gemeint. Es wird spioniert. Auch die Gräfin Feldheim, die heute bei Tische war, ist in dieser Hinsicht nicht zwecklos hier. Nichts entgeht ihr, und so entging ihr denn auch, wie ich deutlich an ihrem Blinzeln bemerkte, der heutige kleine Auftritt nicht. Du lieber Gott: der Baron ist kein unbeschriebenes Blatt, bei seinem Alter ganz selbstverständlich . . .‹

Aber ich heiße ja schließlich nicht Kranz, bin weder Geheimrat noch Generaldirektor, und so will ich nur sagen, daß er allerlei Dinge berührte, die sehr nahe an das streiften, was van der Diemen und ich über des Barons Vorleben aus seinem eigenen Munde erfahren hatten. Unter anderem fragte mich Kranz, ob ich gesehen hätte, wie der Baron bei der Erwähnung einer Afrikanerin, die sich mit ihrem Kinde seit einigen Tagen in der Gegend herumtreibe, kalkweiß geworden sei.

Nein, ich hatte das nicht gesehen. Aber als ich nachdachte, trat mir sogleich wieder ins Bewußtsein, daß der Geheimrat von einer Farbigen erzählt hatte.

›Gut‹, sagte ich, ›eine Afrikanerin ist aufgetaucht. Darum braucht der Baron doch nicht kalkweiß zu werden.‹

›Freilich nicht‹, unterstrich der Geheimrat, ›doch man sieht jedenfalls daraus, unser hoher Herr hat gegen die afrikanische Periode seines Lebens eine allmählich ins Pathologische gesteigerte Abneigung. Ob sich da eine Nervenkrisis vorbereitet oder ob die Sache harmlos ist, kann ich nicht sagen. Jedenfalls bin ich wirklich beunruhigt, wie auch die Baronin – es ist nicht zu leugnen – deshalb beunruhigt ist.‹

Und nun sagte er mir, ich werde ja selbst Gelegenheit haben, mich von dieser Besorgnis der Dame zu überzeugen, da sie mich nicht nur wegen der Insektenplage hergebeten habe, sondern einer geheimen Aussprache wegen, um die sie mich bitte. Dabei handele es sich um ihren Mann.

Da mußte ich nun daran denken, lieber Konrad,

daß ich von dieser Wendung schon zu Hause ein Vorgefühl, eine Ahnung gehabt hatte. Vor der Ausholung aber durch die Baronin unter vier Augen grauste mir, weil ich schon einmal in ähnlicher Weise – mit Bezug auf van der Diemen – von ihr ins Gebet genommen worden war und der neue Fall weit gravierender als der vergangene, dazu auch viel gefährlicher schien, weil er die Einmischung in eine Ehe bedeutete. Aber ich beruhigte mich, indem ich mir schwor, nur alltägliche Belanglosigkeiten über meine Begegnung mit dem Hausherrn im afrikanischen Busch auszusagen.

Der Geheimrat hatte ein Fenster geöffnet, es ging auf den Park, über dem eine jener sommerlich warmen Mondnächte aufgegangen war, die der Spätherbst zuweilen zeitigt. Käuzchen greinten durch die Hunderte von Jahren alten Baumriesen, die ihre Blätter meist noch nicht abgeworfen hatten. Ich drückte meine Verwunderung darüber aus, daß dies kleine Raubzeug hier so zahlreich vorkomme. Die Antwort war: ›Nur in diesem Jahr.‹ Der Geheimrat führte dann aus, wie sich das fliegende Gespenstergesindel in diesem Herbst fast zur Plage entwickelt habe. Die Baronin sei davon beunruhigt. Nur zweimal hätten die kleinen Eulen in solchen Mengen um den Schloßbau reviert. Im Jahre, da ihre Mutter starb, und in dem, als der Tod ihr den Vater genommen habe.

Nun ja, dergleichen gruslige Erfahrungen und Be-

hauptungen sind alten Schlössern und Schloßbe-
wohnern nicht fremd.

Mitten im Zimmer stand ein Klavier. Um die
Lampe flatterten Nachtschmetterlinge. Wir beiden
Strohwitwer stimmten, wie sich zeigte, auch darin
überein, daß uns gelegentlich ein außerberuflicher
Zug anwandelte. So sahen wir beide die Natur mitunter nicht nur vom land- und forstwirtschaftlichen
Standpunkt an, sondern verwandelten uns in Ro-
mantiker. Der Geheimrat besaß Autographen von
Bach, Haydn, Gluck, Mozart und Beethoven, und
ich schämte mich nicht, am Feierabend auf dem
Piano zu dilettieren. Der Wein hatte die Fremdheit
zwischen uns neuen Bekannten einigermaßen aufgehoben, wir stießen auf unsere Frauen an, die Gegenwart mit ihrem Dienst- und Abhängigkeitsverhältnis
versank, wir erinnerten uns unserer Steckenpferde, er
zog das seine, ich meins hervor, und so saß ich denn
plötzlich am Klavier und spielte die Mondschein-
Sonate mit schmelzender Hingabe.

Das war die Lage, in der eine Detonation, ein
Schuß im Park, uns aufstörte.

Der Geheimrat erklärte, es sei der Baron.

›Was jagt der Baron um diese Zeit?‹ fragte ich.

Er hole die Käuze herunter, fuhr der Geheimrat
fort. Ihn erfülle mit Haß, was die Hausfrau ängstige.
Im übrigen komme es ihm, dem Geheimrat, vor, als
gehe die nächtliche Parkjagd auf eine afrikanische
Gewohnheit des Hausherrn zurück: wo er vielleicht

178

seinen Kral bewachen mußte. Der Generaldirektor lächelte: ›Bei uns hier ist das natürlich überflüssig. Wir unterhalten sechs Nachtwächter, die mit Revolvern ausgestattet sind. Diese Neuerung hat der Baron eingeführt.‹ Vielleicht habe ein langes Jägerleben ihm die Sicherungsinstinkte der in Freiheit lebenden Tierwelt wieder ins Blut gebracht; leider – wieder dämpfte der Geheimrat die Stimme – sei diese noble Passion des Barons zur Nachtwache nicht immer durchaus ganz harmloser Art. So habe er vor fünf Jahren einen harmlosen Bauern angeschossen, der betrunken aus dem Kretscham kam und, weil er glaubte, vor seiner eigenen Tür zu sein, am Parktor rüttelte, vor zwei Jahren einen Postboten, der, fremd am Ort, den rechten Zutritt ins Schloß nicht wußte und eine Depesche abgeben wollte. Die Verhandlung habe viel Geld verschluckt.

›Ich dachte daran, noch etwas im Park Luft zu schöpfen‹, sagte ich, ›aber nun will ich das lieber unterlassen.‹ Der Geheimrat sagte: ›Ich kann Sie in diesem Entschluß nur bestärken.‹

Ich war Erregungen nicht mehr gewohnt, deshalb hat es eine Stunde und länger gedauert, bevor ich, in meinem Bett liegend, einschlafen konnte. Mit dem Bärenschlaf, den ich von zu Haus gewohnt war, hatte der dieser Nacht keine Ähnlichkeit. Ich schlief wie der Hase mit offenen Augen.

Ich hatte den jungen Forstmann, der mich begleitete – wie hieß er doch gleich? wahrhaftig, ich weiß seinen Namen nicht mehr –, also ich hatte ihn nach dem Frühstück zu mir bestellt. Ich wollte das Tagesprogramm mit ihm durchsprechen. Aber da fiel mir das große Jagdessen ein, das mittags um ein Uhr beginnen sollte. Ein solches Bankett dehnt sich ja meist bis zum Abend aus. So sagte ich mir, es werde sich schwerlich heut etwas Rechtes tun lassen. Als ich meinem strebsamen Forstgehilfen einige Instruktionen für gewisse wichtige Vorarbeiten gegeben hatte und ihn eben entlassen wollte – sonderbarerweise entlud sich an diesem Morgen mit Blitz, Donner und Regen ein kurzes Gewitter –, fragte er mich, ob ich von dem Vorfall gehört hätte, von dem man allenthalben im Schlosse munkele.

Nein, ich hatte davon nichts gehört.

Man habe im Park eine bewußtlose Frau im Grase liegend gefunden, deren linker Arm geschweißt habe. Sie trug ein einfaches Straßenkleid, und der linke Ärmel war feucht. Zufällig hatte mein Assistent den Wächter selbst soeben im Park gesprochen. Er hatte ihn noch sehr erregt gefunden und von ihm erfahren, wie er einen Kollegen zum Polizeiwachtmeister geschickt habe, wie dieser dann gekommen war, nachdem er den Amtsvorsteher verständigt hatte, wie am Ende auch dieser mit einigen Leuten kam, worunter sich der Kreisarzt befand, und wie man die langsam zu sich kommende Fremde abtransportierte. Der Forstgehilfe setzte hinzu: mit der Rechten habe das Weib, das wahrscheinlich eine Zigeunerin

war, den Griff eines scharfgeschliffenen dreikanti-
gen Dolches so fest umklammert gehalten, daß man
die Waffe ihr kaum entwinden konnte.

›Nun, und was weiter?‹ fragte ich.

Aber weiter hatte er nichts erfahren.

Da an dem Bericht meines Gehilfen nicht zu
zweifeln war – er hatte den Wächter, der das Weib
gefunden, selbst gesprochen –, blieb mir beinahe
der Bissen, ich war mit dem Frühstück noch nicht
fertig, im Halse stecken. Die Mondschein-Sonate,
der Schuß im Park ging mir durch den Sinn – doch
vermochte ich mich zu beherrschen und entließ den
Berichterstatter mit den Worten: Die Geschichte
scheine mir, was den Dolch betreffe, ausge-
schmückt. Unglücksfälle und Eifersuchtsdelikte kä-
men überall vor. Ich sei ja selbst Amtsvorsteher gewesen und könnte ein kleines Buch etwa unter dem
Titel schreiben: Diebstahl, Bettel, Lumpengesindel
und Mordgelichter – kurz, was die Landstraße mit
sich führt.

Als ich allein war, stockte mir das Herz. Ich hätte
nicht sagen können, warum. Aber zwischen der Angeschossenen im Park, dem Schuß und dem Verhalten des Barons erzeugte sich in meinem Geist
ein Zusammenhang. Es spukte ja überdies eine Farbige in der Gegend herum. Schließlich war ich damals ein forscher, robuster Kerl, und trotzdem, ich
sah es im Spiegel, hatte eine wunderliche Erregung
mich unnatürlich blaß gemacht. So stand es mit

mir, als die Baronin mich bitten ließ, mit ihr eine kleine Ausfahrt zu machen.

Bald saß ich nun also neben ihr, vielleicht in ebenderselben Kutsche, in der die Baronin heut vorüberfuhr.

Seitdem ist sie freilich älter geworden. Ihr ältester Sohn steht als Offizier bei den Breslauer Kürassieren, der zweite studiert und ist Bonner Borusse. Die Tochter ist ein liebes Ding, ist aber viel in den Händen von Orthopäden, denn sie hat mit dem Hüftgelenk etwas zu tun. Aber dies beiseite, ich will nicht abschweifen.

Ich habe mich natürlich gehütet, als ich, zur Linken der Baronin sitzend, durch die Felder und Wälder fuhr, auch nur andeutungsweise von dem zu sprechen, was zwischen dem Generaldirektor und mir verhandelt wurde. Ebenso von dem Schuß in der Nacht und dem häßlichen Fund, den der Wächter im Park gemacht hatte. Auch sprach die Baronin kein Wort davon, was mir bewies, daß sie nichts davon wußte.

Als wir die üblichen Anfangsphrasen einer Begegnung hinter uns hatten, sagte sie ungefähr dies in lückenlosem Zusammenhang: ›Es ist vielleicht eine Wunderlichkeit in unseren Kreisen, Herr Oberforstmeister, gleichviel, es ist wahr: nämlich, ich liebe meinen Mann. Ich habe Alfons aus Liebe geheiratet. Es ist keine Änderung eingetreten in nahezu einem Jahrzehnt, seit wir verheiratet sind. Indessen seit einem Jahr oder anderthalb Jahren vielleicht kommt mir vor, nicht in seiner Neigung zu mir, aber in seinem Wesen zeige sich eine Veränderung. Sie ist langsam, langsam fortgeschritten. Es kam eine Zeit, wo sie zu übersehen nicht mehr möglich war. Es drängte zugleich sich die Frage auf: Von welcher Art ist ihre Ursache? Ist sie körperlich-seelisch, dann wäre er krank. Dann sollten Sie mir zu seiner Behandlung raten. Man muß dann die ersten ärztlichen Autoritäten heranziehen. Ist aber wirklich etwas in seiner Vergangenheit, das sein Gewissen drückt, so muß man mir helfen, es aufzudecken. Ich würde in diesem Fall gemeinsam mit ihm an der, wie soll ich sagen, Ausradierung dieses dunklen Punktes arbeiten. Ich habe Charakter, bin nicht die erste beste und bin nicht zimperlich. Ich bin entschlossen, mit meinem Mann, an seiner Seite, für meinen Mann zu kämpfen. Meine Onkels und Vettern sollen sich nur nichts einbilden; ihre Schnüffeleien sozusagen über den ganzen Erdball machen keinen Eindruck auf mich. Sie infizieren nichtsnutzige Menschen zu anonymen Briefen an mich, wüstes Geschreibsel, hundsgemein. Ich habe sie in den Kamin geworfen. Einige sind bereits wieder eingelaufen. Sie sollen sie lesen, ich stelle es Ihnen anheim. Sie enthalten Verleumdungen meines Mannes, wilde Behauptungen, die sich widersprechen. Einer dieser verächtlichen Schmierer nennt ihn sogar einen Zuchthauskandidaten. Ich habe bisher weder meinem Mann noch irgend jemandem etwas von diesen Briefen mitgeteilt. Wenn ich zu Ihnen darüber spreche, so werden Sie, unnütz zu sagen, mein Vertrauen gewiß zu würdigen wissen. Es geht manchmal über meine Kraft. Ich fühle bereits, wie es mich erleichtert, einem Freunde, als den ich Sie schätze, davon zu sprechen. Zum ersten, zum allerersten Male, bedenken Sie das.‹

Nun, Konrad, du kannst dir denken, das war für mich ein seltsamer Augenblick. Die Baronin hatte zwar nichts Bestimmteres über die Briefe geäußert, als daß es eben Schmähbriefe waren. Aber meine Beobachtung bei der Abendtafel, das Auftauchen einer Afrikanerin, das Gerücht von dem angeschossenen Weibe im Park, alles das rumorte in mir, während wir lautlos auf Gummireifen durchs Land fuhren und nur der abgezirkelte Hufschlag des Trakehnergespanns zu vernehmen war. Wilde Vermutungen stiegen mir auf, obgleich ich wahrhaft nicht wußte, welche so arg gravierende Verfehlung in der Vergangenheit des Barons sich herausstellen sollte.

Aber weiter im Text. Jetzt höre gut zu!« Das sagte der Onkel, indem er mich mit seinen wunderbar sprechenden Kuhaugen gleichsam durch und durch blickte. »Es fängt nun an und wird interessant.

Nachdem die Baronin gesprochen hatte, war an ihrer tiefen Bewegung, als sie schwieg, unschwer zu erkennen, daß irgendeine Katastrophe zwischen den Eheleuten, ohne Zusammenhang mit der Farbigen, nahe war. Aber diese Frau neben mir erregte meine tiefe Bewunderung durch die entschlossene Art, mit der sie ihr begegnen wollte. Ich weiß nicht, was mich dabei mehr ergriff: die Klugheit, die darin zutage trat, die Selbstüberwindung, die unverbrüchliche, liebende Hingabe?

Diese Bewunderung sprach ich ihr aus. Bei solcher Gesinnung, sagte ich, sei ich gewiß, was auch immer im Gange sei, welches Gewölk sich ballen mochte, sie, diese Gesinnung, werde dessen gewiß Herr werden. Wir sprachen dann über praktische Dinge, Wald, Feld, Wiese, Wasser und Moor. Allein als wir ausstiegen, hatte ich ihr versprochen, zu versuchen, dem Baron sein Geheimnis zu entlocken oder wenigstens ihn zu überzeugen, seine Frau stünde allzeit fest und ohne Wanken neben ihm, es möge sein, was es wolle. Gewönne ich aber die Überzeugung, er sei einfach nervenkrank, so sollte ich ihn bewegen, endlich Heilung bei großen Ärzten zu suchen. Ich gab das Versprechen, obgleich ich mich keineswegs als den rechten Mann für eine solche Aufgabe fühlte, weil eine Stimme mir sagte, ich käme wohl kaum in die Lage, es auszuführen.

Als ich den von Efeumauern umgebenen Schloßhof kreuzte, setzten bereits Jagdwagen auf Jagdwagen Bankettgäste vor dem Portal ab. Die grünen steirischen Hüte mit Spielhahnfeder und Gamsbart mehrten sich in der weiten Garderobe. Ebenso Stöcke mit Hirschhornkrücken und Lodenjacketts. Die Jäger sollten als Jäger kommen, war vereinbart worden.

Die Tafel für etwa achtzig Personen war in einem Saal aufgestellt, dessen vier Wände von der Decke bis zum Fußboden mit Hirschgeweihen behängt waren. Die Kerzen steckten auf einer Reihe von Kronleuchtern, jeder ein Kranz ineinander verschlungener Hirschgeweihe. Sie wurden, als ich im Vorübergehen vom Flur aus in den Saal blickte, unter Aufsicht des Barons in Brand gesteckt. Es kann natürlich nicht anders sein, denn selbst am Tage wirkt ein Kronleuchter, der nicht brennt, wie ein toter Fremdkörper.

Konrad, wenn ich an diesen Anblick denke, hüpft mir mein Jägerherz. Die Jagdtrophäen von Generationen, Sechzehnender aus Jahrhunderten der Jägerei, mit den Schädeln daran, dicht bei dicht, wie gesagt, an der Wand. Wie eine wunderbare Zaubergrotte, meinethalben unter Wasser, sagen wir, ein Korallensaal im Schloß Neptuns, aber wärmer, sah es sich an. Man hörte jahrhundertelang gesammeltes und gehäuftes Waldrauschen. Ich gäbe, könnte ich ein solches Fest, wie es damals im ersten Teile war, noch einmal mitfeiern und nach Herzenslust Champagner trinken und Wildbret essen, die Hälfte meines noch übriggebliebenen kurzen Lebens darum. Aller Spuk des Waldes war gegenwärtig, die Quellnymphen und Baumnymphen, alle Rotkäppchen und Dornröschen – dann klangen plötzlich im Hofe die Jagdhörner ...

Ja, aber das war der Augenblick.

Ich wurde nämlich hinausgerufen. Die Baronin war nicht beim Bankett. Dagegen hatte mich das Verhalten des Barons über die Sachlage insofern beruhigt, als er sich freier und sorgloser als am Abend vorher betrug. Er lachte viel, trank und aß nicht wenig, schüttelte aus dem Ärmel Jagdgeschichten. Als er als erster den mächtigen mit jagdlichen Bildern gezierten Silberhumpen zum Umtrunk an die Lippen hob, improvisierte er ein Gedicht, das durch tosenden Beifall geehrt wurde. Er war lauter und lauter geworden, ja schließlich, ich glaubte nicht recht zu hören, sprach der Baron von Ostafrika.

Wie gesagt, ich wurde hinausgerufen.

Die Stimmung war bereits fortgeschritten, niemand hatte beachtet, daß sich der Generaldirektor entfernt hatte. Ich wurde in sein Büro geführt. Dort traf ich ihn, den Kreisarzt Talmüller und den ortsansässigen Amtsvorsteher. Man erhob sich, man tat es mit ernster Miene, von fern drang der Lärm des Gelages herein.«

3

Als der Onkel in seinem Bericht bis zu diesem Punkt gekommen war, trat etwas ein, was mich nicht nur obenhin überraschte, sondern gewissermaßen bestürzte, weil mit einem Male fraglich wurde, ob ich das Ende dieser Geschichte je erfahren würde. Der

Onkel ließ die erkaltete Tabakspfeife los, die jedoch an seinem sogenannten Großvaterstuhl lehnen blieb, legte den Kopf zurück und schlief ein.

Ich schlich mich zu Tante Ida, um mich – was sollte ich anderes tun? – zu verabschieden. »Aber Junge, was ist denn los?« fragte sie. Worauf ich den Stand der Dinge berichtete. »Ach, nicht doch«, sagte sie, ohne die Stimme zu dämpfen, »er macht sein Nickerchen, und in fünf Minuten wacht er gestärkt wieder auf.«

Und wahrhaftig, so war es auch!

Als ob der Onkel von seiner kurzen Bewußtlosigkeit nichts wüßte, leerte und stopfte er wiederum seine Pfeife und entzündete sie mit dem Fidibus. Dann setzte er, als ob er sich nicht unterbrochen hätte, seine Erinnerungen fort. Mit seinen sinnenden Glotzaugen las er weiter die Geschichte der Vergangenheit gleichsam aus den quellenden, sich vor ihm lagernden und über ihm verschlingenden Rauchwolken.

»›Wer wünscht zu sprechen?‹ fragte der Generaldirektor. ›Ich denke, Herr Amtsvorsteher, Sie haben zunächst das meiste zu sagen. Wir wollen uns setzen, denn Übereilen und Überhasten führt zu nichts. Die Sache muß im Interesse der Herrschaft nicht nur geheimgehalten, sondern in Ruhe allseitig durchdacht werden.‹

Ich erfuhr also nun zunächst alles das, was der

Nachtwächter meinem Forstassistenten gesagt hatte. Der Vorfall mit dem angeschossenen Weib, den ich gerüchtweise kannte, hatte sich wirklich zugetragen. Nur der Dolch war hinzugedichtet, wie ich bereits vermutet hatte. Die gefundene Frau war tatsächlich Mischblut, eine Farbige. Man hatte sie in ein Gasthaus getragen, wohin sie verlangt hatte. Es lag ziemlich einsam an der Landstraße. Man fand dort ihren Sohn, den sie Scipio nannte, einen schönen zwölfjährigen Knaben von hellerer Farbe, schlummernd vor, dessen Gesichtsschnitt erstaunlich europäischen Charakter hatte.

Der Generaldirektor bat jetzt den Kreisarzt, zu sprechen. Er stellte sich vor, er sei Kreisarzt Talmüller. Er habe die Armwunde untersucht, die nicht bedeutend sei, und einen Verband angelegt. Freilich habe der Blutverlust die Fremde geschwächt, und sie habe auch Temperatur. Nicht zu verwundern, sie habe ja die Nacht auf der Erde im feuchten Grase zugebracht. Sie liege zu Bett, und er habe ihr eine Pflegerin beigeben müssen.

Dies sei der Punkt, sagte Kreisarzt Talmüller, um dessentwillen er und der Amtsvorsteher den Herrn Generaldirektor aufgesucht hätten. Die Fremde sei nicht angemeldet, das Wirtshaus sei sehr abseits gelegen. Wirte an solchen Plätzen, wenn sie von ihren Gästen bezahlt werden, beachten meistens Polizeiverordnungen nicht. Die Kranke, die ein wenig deutsch mit englischem Akzent spreche, habe der

Pflegeschwester gegenüber erklärt, sie sei eine Baronin Degenhart. Der Kreisarzt zuckte die Achseln und lachte: ›Diese Behauptung läßt verschiedene Schlüsse zu. Erstens auf eine Abenteuerin, zweitens auf einen typischen Fall von Irresein. Daß diese Frau eine Geisteskranke ist, hat für mich neunzig Prozent Wahrscheinlichkeit. Ihre Wunde ist eine Schrotwunde, eine entsprechende Waffe fand man bei ihr nicht. Es kann eine Art Revolver gewesen sein, und den hat sie dann eben fortgeworfen, ich nehme an, man findet ihn noch. Denn ihr Mann, sagt sie, habe sie angeschossen, was den Schloßherrn von Konern betreffen würde. Eine Absurdität, wodurch sich das typische Bild einer Paranoia abrundet.‹

Sie seien gekommen, sagte wieder der Amtsvorsteher, um den Generaldirektor zu veranlassen, den Fall persönlich in Augenschein zu nehmen, um gemeinsam zu verhüten, daß die Herrschaft davon belästigt werde, ja davon auch nur erfahre.

Sogleich erhob sich Geheimrat Kranz. Er habe den Eindruck, daß ich als alter Afrikaner ihnen bei Untersuchung des Falles sehr nützlich sein könnte.

Und so ward beschlossen, ohne Verzug nach dem einsamen Wirtshaus aufzubrechen. Daß man uns vermissen würde, war bei dem Toben des Jagdfestes keine Gefahr. Wir entfernten uns durch ein Seitentor, der Generaldirektor und ich auf dem schnellsten Gefährt, das im Schlosse zu finden war, der Kreisarzt mit dem Amtsvorsteher in eigener Kutsche.

Während des Fahrens sagte der Geheimrat zu mir: ›Unser allerhöchster Herr Baron ist doch überaus sonderbar. Im Stall steht zu einer Stunde jedes Tages sein Leibpferd gesattelt und gezäumt, eine Trakehner Stute, fünfjährig, die unter ihm alles tut, was beinahe unmöglich ist. Sie nimmt zunächst jedes Hindernis. Sie stürzt sich mit ihrem Reiter in jeden Strom, ich würde mich nicht wundern, wenn sie wie eine Eichkatze an den Bäumen hinaufkletterte. Und ihre Schnelligkeit auf kupiertem Gelände ist märchenhaft.‹

Unwillkürlich zitierte ich – ich erinnere mich genau –, indem ich den Geheimrat bedeutsam anblickte:

> ›Knapp’, sattle mir mein Dänenroß,
> da ich mir Ruh’ erreite!
> Es wird mir hier zu eng im Schloß;
> ich will und muß ins Weite!‹

Wie sehr sollte ich, was ich nicht ahnte, recht behalten!

Nun, lieber Neffe, würde ich, wenn ich ein Schriftsteller wäre und von diesen ereignisreichen zweimal vierundzwanzig Stunden nicht nur wie jetzt so unverantwortlich vor mich hin schwatzte, sondern ihnen eine schriftliche Kunstform gäbe, ein neues Kapitel anfangen.«

Er schmauchte und lachte in sich hinein.

»Der Mensch ist ja eben sehr zwiespältig. Daß ich einen Stiefel vertrug, ist ja selbstverständlich. Immerhin hatte mich der Wein in eine etwas gehobene Stimmung versetzt, weshalb mir denn auch der Vierzeiler über die Lippen rutschte. Von dem nackten Ernst, der dahintersteckte, ahnte ich in der Tat noch nichts.

Es ist keine halbe Stunde vergangen, eh wir uns in der Schenke des kleinen, entlegenen Wirtshauses wiederum gegenüberstanden, der Amtsvorsteher, der Arzt, der Geheimrat und ich. Ich sollte mit dem Arzt zu der Patientin hinaufgehen, wurde beschlossen, da ich etwas Englisch und einige Worte Kisuaheli verstand.

Bevor ich mich aber zu ihr begab, erschien plötzlich bei uns, ziemlich erregt, die Pflegerin, die einesteils nicht genug Liebes und Gutes von ihr erzählen konnte, dann aber, sehr erschrocken, ja bleich, eine lederne Aktentasche auf den Tisch legte, und zwar mit den Worten: ›Herr Amtsvorsteher, prüfen Sie selbst, der Inhalt ist fürchterlich!‹

Die Tür der Schenkstube wurde geschlossen, wir alle vier gelobten Stillschweigen, auch die Pflegerin wurde darauf verpflichtet und hernach – es vergingen dreiviertel Stunden darüber – der Inhalt der Tasche durchgeprüft.

Nun, Konrad, zum Donnerwetter noch mal, das fuhr uns doch allen recht stark in die Glieder. Die Prognose des Kreisarztes Talmüller erwies sich als falsch, sie wurde durch den schrecklichen Inhalt der Tasche völlig über den Haufen geworfen.

Der Generaldirektor kannte genau die Handschrift des Barons Degenhart. In etwa dreißig Briefen an eine Geliebte, deren Namen nicht zu entziffern war, konnte er sie feststellen. Völlig gestützt durch die Unterschrift des Barons: Alfons Degenhart.

Die Briefe waren ein seltsames Sprachgemisch, Englisch, Kisuaheli und Deutsch. Zwanzig Briefe ungefähr, die unzweifelhaft die gleiche Adressatin hatten, zeigten auf den Umschlägen, die erhalten waren, den Namen Baronin Degenhart und hatten Daressalam als Bestimmungsort. Das Schlimmste aber war eine Heiratsurkunde, von einem Missionar ausgestellt und von einer englischen Behörde gestempelt. Die Heirat hatte stattgefunden zwischen der Tochter eines eingeborenen Großkaufmanns und Baron Alfons Degenhart.

Du kannst dir denken, wie wir uns anstarrten.

Die Frage war: Gibt es auf der Welt außer unserem noch einen anderen Baron Degenhart?

Aber da griff die Pflegerin ein und nahm aus einem getrennten, mit einem Knopf geschlossenen Fach zwei Photographien, die leider unverkennbar unseren, wenn auch erheblich jüngeren Degenhart vorstellten. Auf der einen trug er die sehr mitgenommene Tropenuniform, mit der er bei uns am Lagerfeuer gesessen hatte.

Es war auch für mich nicht mehr möglich zu zweifeln, wen ich vor mir hatte.

Also die Lage, mein Junge, war eindeutig.

Auch damals standen die Inhaber solcher Herrensitze wie Konern nicht über dem Gesetz, weshalb selbst der Amtsvorsteher, vom Generaldirektor und von uns anderen nicht zu reden, die wir die gar nicht abzusehenden schlimmen Folgen von dem Baron und besonders seiner Gattin und deren Kindern abhalten wollten, an dem Gelingen dieser Absicht zweifelte. Wurde der Sachverhalt mit der Bigamie ruchbar, so war der Baron nicht zu retten, so hoch seine Stellung auch sein mochte.

Das Wort Zuchthaus ist schauderhaft auszusprechen, und doch hing die Zuchthausstrafe zweifellos über ihm. Was ist das Damoklesschwert dagegen: es droht ja nur mit dem physischen, nicht aber mit dem bürgerlichen Tod.

Die ersten Schritte zur Rettung des schlesischen Hauses Degenhart-Weilern hatten festzustellen, ob Bibi – so ward in den Briefen die farbige Gattin von dem Baron genannt – irgendwie mit sich reden ließe. Die Lage war wohl so gut wie gerettet, wenn sie, meinethalben mit einer gehörigen Abfindungssumme, stillschweigend, wie sie gekommen, wieder im dunklen Erdteil verschwand.

Sie konnte jedoch ein Werkzeug sein, eine Puppe, in Händen von rücksichtslosen Drahtziehern. Dann freilich erschwerte sich die Aufgabe.

Der Geheimrat befürchtete es.

Er deutete an, alles wäre einem bestimmten, unversöhnlichen Konsortium naher Verwandter der Herrin von Konern zuzutrauen. Sie hatten es sich Geld kosten lassen, dem Vorleben Degenharts nachzuspüren, und hatten vielleicht, ja sehr wahrscheinlich den schwarzen Schatten der glänzenden Glücksumstände des Barons in Ostafrika aufgestört. Im Zusammenhang hiermit hatte der Geheimrat, wie er mir später sagte, auf einen vielgereisten Pastor und Missionsdirektor Leblanc Verdacht.

Ich ging dann also, und zwar allein – man hielt es für gut –, zu Bibi hinauf.

Konrad, der Eindruck war fürchterlich! Eine Frau lag da im Bett, deren Körper und Geist, wie sich bald herausstellte, Entbehrungen, Mühsale und Überanstrengungen aller Art zerrüttet hatten. Das zerfaltete, europäischen Formen angenäherte alte Gesicht hatte vom Negertyp eigentlich nur das Kraushaar behalten. Um die keineswegs wulstigen Lippen liefen viele Fältchen zusammen; das war äußerst ausdrucksvoll und zeugte von harter Verbitterung. Alle Leiden und Qualen der Seele, die möglich sind, hatten sich mit deutlichen Schriftzeichen in ihre ausgebildete Stirn gegraben.

Sie lag mit geschlossenen Lidern da. Als sie aber die Augen öffnete und mich ohne Verständnis anblickte, schienen diese Augen an sich durch und durch Schmerz zu sein.

Die kleine Mansarde war von der Pflegeschwester in einen leidlich wohnlichen Zustand versetzt worden. Die Lappen, Lumpen und Kleiderfetzen der erbarmungwürdigen Frau hingen nebenan in der Dachkammer. Dort lag auf einem Strohsack ohne Bettstelle ihr ebenfalls ausgemergelter, etwa zwölf Jahre alter Sohn, genannt Scipio, bei dem der Kreisarzt schwere Unterernährung, leichten Lungenspitzenkatarrh und Temperatur festgestellt hatte. Es blieb ein Rätsel, wie diese Frau den Weg bis hierher gefunden, zurückgelegt und überlebt hatte. Später wurde dann festgestellt, daß sie mit einer Hamburger Dampferlinie gekommen war. Ihre Zwischendeckkarten waren in Daressalam gekauft, und dort hatte sie auch das Schiff bestiegen. Sie hat, wie man heute annimmt, die Fahrt um das Kap bis Hamburg aus eigenen, mühsam ersparten Mitteln bezahlt.

Von dort aus hat sie sich mit Scipio auf alle möglichen Arten und Weisen zäh bis an das ihr fest im Sinne sitzende Ziel durchgeschlagen. Meist hatte sie gebettelt und wurde mit ihrem Sohn deshalb mehrmals festgesetzt. Die Nächte wurden im Freien, manchmal in Strohschobern, manchmal in verfallenen Baracken zugebracht. Eine Gruppe Zigeuner hatte die seltsame Mutter und ihren Sohn aufgegriffen und mehrere Tage lang in den Wagen mit sich geführt. Dann hatte sie hier, in Konern angelangt, und zwar in diesem Gasthaus, zuerst eine eiserne Ration angegriffen, die sie versteckt mit sich führte und die aus fünf oder sechs alten Dukaten und ebenso vielen Zwanzigmarkstücken in einem seidenen Beutel bestand.

Es war nicht viel mit ihr anzufangen, das hatte mir schon der Arzt vorausgesagt, der gleich bei der Ankunft seine Patientin besucht hatte.

Das Wundfieber hatte zugenommen.

Sie stützte sich auf den gesunden Arm und durchbohrte mich mit den qualvollen Augen, vergeblich bemüht zu wissen, was oder wer ich war.

Sie verfiel darauf in ein Kauderwelsch, mischte Kisuaheli, Englisch und Deutsch durcheinander und erzählte mir so sehr hastig, dringlich, dabei intim und geheimnisvoll: eine Baronin Degenhart sei hier eingetroffen, sehnlich von ihrem Mann erwartet, den böse Dämonen von ihr getrennt hätten.

Bald saßen wir wieder in der Kutsche, der Geheimrat und ich. In beschleunigtem Tempo mußten die Pferde uns nach dem Schloß zurückbringen. Mir lag der furchtbare Eindruck im Sinn, den ich in der Mansarde gehabt hatte. Ich vertrug einen Puff, doch hatte mich diese Wirklichkeit, die einer gänzlich unwahrscheinlichen Erdichtung an Unwahrscheinlichkeit überlegen war, völlig aus der Fassung gebracht.

›Ich kann nicht denken‹, sagte ich, ›daß irgendein Mensch die Lage, in der sich unser Baron jetzt sieht, zu überleben imstande ist. Ein Haufen Lumpen, ein mit Haut überzogenes Skelett, unzweifel-

haft seine erste Frau und sein wahrscheinlich todge-
weihter Sohn, beide von ihm zugrunde gerichtet.‹

›Ich denke darüber nicht nach‹, sagte der Geheimrat.

Die Papiere der Fremden waren in seiner Hand.
Ich merkte, er schwieg in tiefem Nachsinnen. Wie zu
sich selber bemerkte er dann, es wäre ja möglich, ja
beinahe wahrscheinlich, daß es mit der Fremden zu
Ende ginge. Auch der Kreisarzt deutete das an. Auch
ich vermochte das nur zu bestätigen. Ich hatte tatsächlich den Eindruck einer vom Tode Gezeichne-
ten.

So bereichert durch ein bleiernes Wissen, das wir
gern von uns geworfen hätten, bogen wir in den
Schloßhof ein, wo uns die Musik und der Lärm des
Banketts, als wäre durchaus nichts geschehen, entge-
genrauschten.

Unterwegs hatte ich dem Geheimrat auch noch
meine Unterredung mit der Schloßherrin von Konern genau erzählt und ihm dabei zu bedenken gegeben, ob man nicht diesen edlen und starken Geist von
allem sofort unterrichten solle. Sie wisse, was für sie
und ihre Kinder auf dem Spiele stehe. Sie werde gewiß ihren Mann nicht preisgeben und ihrerseits in
der Berührung mit der armseligen Mitschwester von
Frau zu Frau das Richtige tun.

Darauf kam der Geheimrat zurück.

Wir wollten ein halbes Stündchen verschnaufen,
in seinem Haus uns wieder treffen, meinen Vorschlag

nochmals erwägen und, falls wir ihn gelten ließen, ihn ohne alles Zögern ausführen. Der Baron selber konnte für irgendeine Mitwirkung in der Sache, darüber waren wir beide uns einig, zunächst durchaus nicht in Betracht kommen.

Um mich ein wenig abzukühlen, suchte ich meinen Adlatus, den bei gegebenen Umständen gänzlich überflüssigen Forstgehilfen, auf, der in einem Zimmer über dem Marstall wohnte. Ein Bereiter, gestiefelt und gespornt, stand vor der Tür. Er sah mich und schlug die Hacken zusammen.

Die Pferde von Konern waren berühmt; ich sagte dem Bereiter etwas dergleichen. Sie hätten, war seine Antwort, wieder ganz herrliche Dreijährige. Er würde dies und das gern vorführen. Die Stallknechte führten mir Pferde vor. Es tat mir gut, denn es konnte mich ablenken. Ich vergaß für Minuten die schwarze Wolke, die niedrig über dem Haus hing.

Ich tat auch einen Blick in den Stall.

In der ersten Box stand ein gesatteltes und gezäumtes Pferd. Es war Bibi, das Leibpferd des Barons. Wehe, wer sich auf Bibi setzen wollte, sagte der Bereiter, er bekäme es mit unserem gnädigen Herrn Baron zu tun.

Bibi! Bibi hatte der Baron in den Briefen das afrikanische Käthchen von Heilbronn immer wieder genannt.

Weshalb das Pferd so gesattelt stehe? Obgleich ich

es wußte, fragte ich. Der Baron wolle, hieß es, gegen Schluß des Banketts ausreiten. Er habe von ihm konstruierte Satteltaschen mit einigem Inhalt heruntergeschickt. Der Bereiter zeigte mir, wie sie festgemacht waren.

Mein Forstjüngling war nicht aufzufinden, und die Zeit zur Wiederbegegnung mit dem Geheimrat war da.

›Man darf keine Zeit verlieren‹, sagte er. ›Wenn Sie meiner Meinung sind, suchen wir die Baronin auf.‹

Wir wurden sogleich vorgelassen.

In den entlegenen Flügel, dahin sie sich zurückgezogen hatte, drang von dem wilden Bankett kein Laut.

›Seltsam, da sind Sie‹, sagte die schöne Schloßfrau, indem sie uns forschend anblickte. ›Ich weiß nicht, wieso, aber daß Sie kommen würden, wußte ich.‹

Wir schwiegen zunächst, weil wir spürten, daß sie noch mehr zu sagen wünschte.

Sie sei, sagte sie, voller Unruhe. Seit dem Beginn des Banketts habe sie allerhand anzufassen versucht, aber alles wieder fortgeworfen. Sie habe über allerlei nachgedacht und sei dabei mit ihren Gedanken vom Hundertsten ins Tausendste geraten. Plötzlich jedoch unterbrach sie sich und erklärte, uns scharf anblickend, sie glaube sich nicht zu täuschen, wenn sie annähme, wir seien gekommen, weil wir den dunklen Punkt im Vorleben ihres Gatten entdeckt hätten.

Wir waren vor so viel Sicherheit konsterniert und konnten nicht einmal mit dem Kopfe nicken.

200

›Nehmen Sie also Platz, meine Herren‹, sagte sie, und als es geschehen war, ohne Übergang: ›Diese angeschossene Frau im Park, was ist das denn nun für eine Geschichte?‹

Ich hörte den Geheimrat sagen: ›Frau Baronin haben davon gehört?‹

›Ja‹, gab sie zur Antwort, ›mir nicht genug.‹

Wir wüßten Genaues darüber nicht.

›Ich will Ihnen etwas sagen, meine Herren, doch es bleibt unter uns: Der Baron hat sie angeschossen.‹

Wir hatten das wohl für möglich gehalten, aber ohne Beweise dafür. Wir konnten es deshalb füglich bezweifeln.

Sie wies uns ein kleines Vogelgewehr, das man im Park gefunden hatte. Es war ein Geburtstagsgeschenk von ihr an den Gatten. Ihr Vorname Heliodora war in den Lauf graviert und das soundsovielte Geburtstagsdatum des Barons.

Nun, Konrad, wir gingen an unser Werk.

Einer Frau, die von sich aus bereits so weit vorgedrungen war und dabei die Entschlossenheit der Baronin, hinter alles zu kommen, zeigte, durfte man die ganze Wahrheit nicht vorenthalten. Wenn irgend jemand, so war sie selber dazu geschaffen, in dieser Sache sich und ihr Haus zu vertreten.

Zunächst hatte das Wort der Generaldirektor. Er trug das ganze Geschehnis, angefangen mit der Auffindung der Verwundeten, den Vermutungen des Kreisarztes, dem Besuch im Waldwirtshaus bis zum

Fund der schrecklichen Dokumente und ihrer Untersuchung vor. Die mit ihnen gefüllte Mappe legte er auf das Nähtischchen.

Hiernach schilderte ich meine Eindrücke.

Während des Zuhörens ließ die Baronin sich einmal auf einen Stuhl nieder und legte die Hände vor das Gesicht. Das andere Mal, als ich ihr den erbarmungswürdigen Zustand der Mulattin und ihres Sohnes schilderte, preßte sie beide Fäuste vor den Kopf. Dann aber – allen Respekt vor dem männlichen Geist und Charakter dieser Frau – fragte sie uns mit Entschiedenheit, ob wir schweigen und ob wir ihr beistehen wollten.

Nachdem wir bejaht hatten, sagte sie, sie danke uns, wir hätten ihr einen wahrhaften, nie zu vergessenden Dienst getan. Alle weiteren Schritte seien ihr nun auf das bestimmteste vorgezeichnet. Es sei zu bedauern, daß der Amtsvorsteher und der Kreisarzt von der Existenz dieser Briefe und der anderen Papiere wüßten. Aber wie es auch sei, niemand werde je wieder Einblick in sie erhalten. Sie sterbe lieber, als daß sie ihre Kinder mit Schmach bedeckt, enterbt und verachtet sähe. Sie bäte den Geheimrat, sofort die Überführung des armen Weibes und ihres Sohnes in die Wege zu leiten, und zwar die Überführung ins Schloß. Sie nannte den Trakt, in dem man sie unterbringen, mit den besten Ärzten und Pflegerinnen versehen und alles tun werde, um sie wiederherzustellen. Sie selber werde nicht müßig sein und bei dieser Arbeit nach bestem Vermögen mithelfen. Sie fahre sofort mit ihrem Juckergespann zu dem Weibe hinaus.

Das alles geschah in der gleichen Stunde, nachdem sie uns verpflichtet hatte, dem Baron gegenüber von allem zu schweigen: ›Wie mein Mann sich aus der Affäre ziehen wird, weiß ich nicht. Ich kann ihm das nicht vorschreiben. Wenn ich aber meinen Charakter besäße und er wäre, so gäbe es für mich nur einen Weg. Der eine liebt mehr das Leben und der andere die Ehre.‹

Am folgenden Morgen ließ die Baronin mich zu sich rufen. Es war für zwanzig und mehr Jahre mein Abschiedsbesuch. Er brachte die Schlußsensation.

Der Baron war nach dem Bankett auf Nimmerwiedersehen davongeritten.

Ich darf dies heute sagen, denn in Wahrheit hat man bis heute nie wieder etwas von ihm gehört.

Die Baronin zeigte mir seinen Abschiedsbrief.«

Der Onkel stand auf und nahm die Kopie aus einem Schreibpult. Er setzte sich wieder, griff eine Brille, setzte sie auf und las:

»Forsche nicht nach mir, gräme Dich nicht um mich, vergiß mich. Sei sicher, daß ich nie mehr auftauche.«

Dann sagte er: »Zwar, die verwitwete Frau las diese Worte unter Tränen vor, auch gelang es ihr nicht, einen Schluchzer zu unterdrücken. Dann aber sah sie mich klar, entschieden und, wenn ich nicht irre, befriedigt an.

Du magst noch erfahren, lieber Neffe, daß die Baronin ihre afrikanischen Gäste völlig gesund pflegen ließ und pflegte. Erst nach zwei oder drei Jahren ging die Mulattin, die an der Baronin mit rührender Liebe hing, aus Heimweh nach Daressalam zurück. Die Baronin ließ sie auch dort nicht aus den Augen.

Scipio ist von der Baronin zu Verwandten in England gegeben und dort mit aller Sorgfalt erzogen worden.

Von den Papieren in der Mappe hat niemand mehr gehört.«

Mein Onkel schloß: »Plaudite, amici, comoedia finita est.«

4

Die Erzählung von Onkel Adolf im Kopf, machte ich am nächsten Tag den langsamen Anstieg vom Fuße des Gebirges durch die Vorberge über Bolkenhain und Hirschberg bis Schreiberhau zurück. Ich führte mein Zweirad oder nahm es bei ebenen Strecken in Anspruch. Ich dachte natürlich auf meine Art über alles Gehörte nach, hatte zuletzt auch noch den Erzähler mit dieser und jener Frage belästigt. So wollte ich wissen, was nach der Vermutung des Onkels aus dem Baron geworden sei.

Der Onkel zuckte die Achseln: »Er ist gestorben, wenn er gestorben ist, Konrad, und lebt, wenn er lebt. Das Leben selber genommen hat er sich nicht. Dazu hing er zu sehr daran und nahm es durchaus als ein ihm aufgedrängtes Abenteuer. Er ist meiner Ansicht nach aus seiner schlesischen Ehe wie ein Wildpferd aus dem prunkenden Marstall gesprungen, in dem man ihn eingeschlossen hatte und wo er Hafer und Heu und – Gott weiß – ad libitum zu essen bekam. Lebt der Baron, dann wiederum nur versteckt und ohne Namen in irgendeinem Teil von Afrika. Keinesfalls aber in einer unserer jüngst erworbenen Kolonien. Vielleicht im Süden, bei den Buren als Knecht oder in einem Kafferndorf unter Kaffern – möglicherweise auch irgendwo am Kongo versteckt.«

Mein Besuch beim Onkel, so überaus denkwürdig durch sein Gastgeschenk, hatte Ende September stattgefunden.

Gegen Ende November wiederholte ich ihn.

Aber der Onkel war tot. Eine schwarzgeränderte Anzeige hatte sein Ableben mitgeteilt und das Datum, an dem er begraben wurde.

Diesmal erreichte ich Jauer mit der Bahn.

Dem Sarge folgte zunächst eine Abordnung der fürstlich P.schen Jägerei, hernach der ganze Kriegerverein, diesem ein halbes Hundert nicht sehr tragisch gestimmter Zylinderhüte und Schwarzröcke. Dazwischen gingen auch einige Frauen. Im ersten Wagen saß die Tochter des Onkels, meine Base, mit ihrem Mann. Er war ein einfacher junger Revierförster. Der Rücksitz war mit Kränzen belegt. Im zweiten Wagen saßen der Sohn des Onkels und ich. Kaum fünfunddreißigjährig, war mein Vetter schon Oberlehrer. Die Equipage der Baronin Degenhart, in der sie mit einer Begleiterin saß, folgte. Die Honoratioren der Stadt Jauer schlossen sich in einer Reihe anderer Kutschen an. Zuletzt kam der leere Galawagen des Fürsten, in dessen Dienst mein Onkel gelebt hatte und gestorben war.

Die Exequien am offenen Grabe, über dem der geschlossene Sarg zu schweben scheint, sind bekannt. Das des Onkels lag seltsamerweise neben dem Grabhügel, über dem noch die frischen Kränze geraschelt hatten, als der Onkel, mit den Stiefeln an sie streifend, mir von den Tagen in Ungarn erzählte. Zwangsweise dachte ich daran und hatte Not, meinen Ernst zu bewahren, während der Pastor mit gefalteten Händen gleichsam auf den Sarg und den darin Ruhenden einredete. Mir war, als hätten wir beide ein Geheimnis, der Tote und ich, und wären durch eben das gleiche verhaltene Lächeln verbunden.

Mein Vetter und sein Vater verstanden einander nicht, ihre Naturen waren zu gründlich verschieden. Der Sohn besaß eine mimosenhafte, schwer zu erfassende Innerlichkeit, der Vater war mit überschäumender Kraft dem Leben verschworen. Er hätte wie

Tizian am Südabhang der Alpen geboren sein können, das Meer und die Sonne, Bewegung und Glut in
den Adern.

Ich hatte Tante Ida besucht, die wie immer in ihrer
Kammer lag. Wo stammte sie her? Es war ein volles
Deutschtum in ihr, aber irgendwo in der Fremde auf-
gesäugt und mit tschechischem oder ruthenischem
Blut gekreuzt. Ihre hohe Stirn, ihre gewölbten Schlä-
fen, die bleiche Haut und die blauen Adern darin,
ihren Ernst, ja die Melancholie ihres Organs hatte der
Sohn.

Wie seltsam, daß seine Mutter ihn dem Vater fer-
nergerückt, meine Mutter, die dessen Schwester war,
mich seinem Vater näher. Ich hatte ihn als Erwachse-
ner nur einmal gesehen, und es gab keine Fremdheit
zwischen uns.

Mir gegenüber unter den Leidtragenden, am anderen Rande des Grabes, stand, in einen kostbaren Pelz
vermummt, die Baronin Degenhart. Die Erde war
hart, frühzeitiger Frost war eingebrochen. Ich konnte
die Dame in Ruhe beobachten. Der Sermon des
Geistlichen war vorüber. Der Generaldirektor des
Fürsten sprach, es folgte ein Oberförster, eine Ehren-
salve ward über dem Grab gelöst, und schließlich er-
folgte eine musikalische Huldigung der Jägerei, es er-
tönten die Jagdhörner.

Während dieser ganzen Zeit konnte ich nur die Baronin anblicken, die hie und da mit einem befremdeten Blick gleichsam herüberfunkte. Mir war dabei,

als ob mir der Tote im Sarge ununterbrochen mit leisem Geflüster zuspräche:

»Sie lud mich ein, als ich in Jauer auftauchte. Sie bewohnt noch immer ihr altes Mädchengelaß. Sie hat in der schwierigen Sache reine und gründliche Arbeit gemacht. Der Amtsvorsteher ist gestorben. Er erhielt bis zuletzt sein Deputat, Milch, Butter, Eier, Kartoffeln. Der Kreisarzt Talmüller, der sein Amt aufgegeben hat, ist in der Familie Leibarzt geworden. Er bezieht Jahr für Jahr ein festes Gehalt.«

Als der Sarg in die Tiefe der Erdöffnung niedergesunken war, auch ich meine Erde auf ihn geworfen hatte, trat auf der Gegenseite die Baronin heran, um das gleiche zu tun.

Meine Nerven waren sehr aufgepeitscht. Deutlich, so daß ich diese Erscheinung noch heute, wäre ich ein Maler, malen könnte, blickte über ihre linke Schulter der Baron, die Afrikanerin über die rechte.